宝石之国

6

市川春子

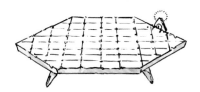

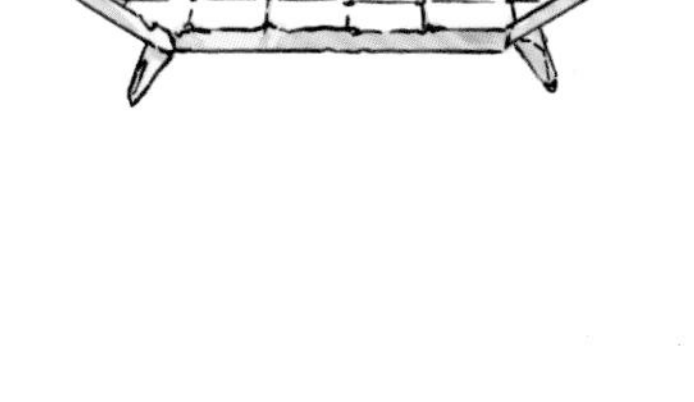

登場人物介紹

黃鑽石

硬度／十　最年長。
記憶有點朦朦朧朧
也不會太在意了。

鑽石

硬度／十
很可愛卻意外地強悍。
是大家的偶像唷。

南極石

硬度／三
幾乎全身都在月亮上。
不排除有已經變成
這個模樣的可能。

磷葉石

硬度／三・五
主角。
希望今後繼續努力。

鋯石

硬度／七・五
今天也會全力以赴。

異極礦

硬度／五
新人中的希望。
「石」生正為了要以哪
位前輩為目標而迷惘中。

幽靈水晶

硬度／七
很文靜，可是常有
難以理解的舉動。
身體是多層構造。

西瓜碧璽

硬度／七・五
暱稱瓜瓜。
我行我素，被嚇到、生氣或
感到壓力時就會帶電。

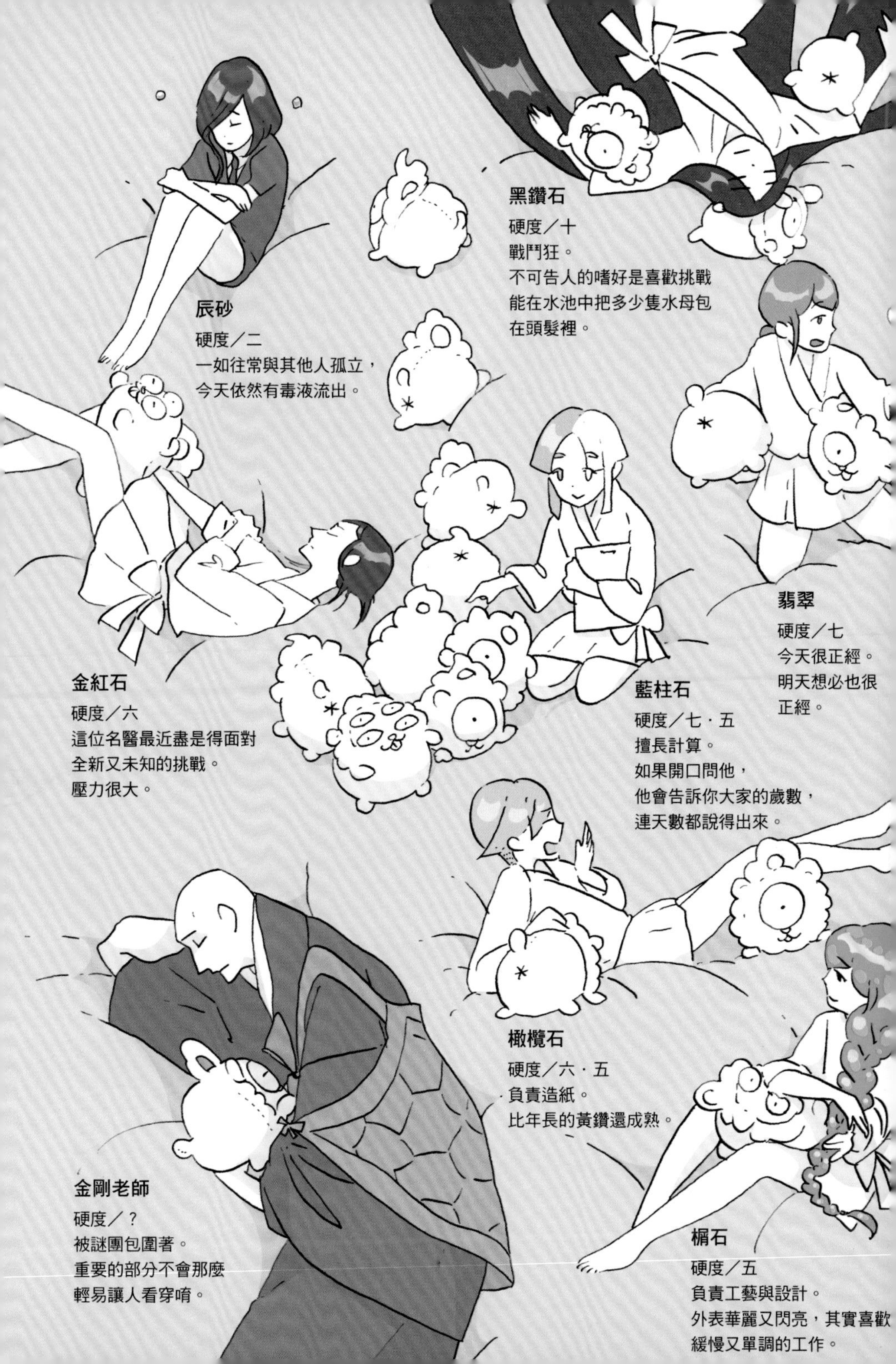
黑鑽石
硬度／十
戰鬥狂。
不可告人的嗜好是喜歡挑戰
能在水池中把多少隻水母包
在頭髮裡。
辰砂
硬度／二
一如往常與其他人孤立，
今天依然有毒液流出。
翡翠
硬度／七
今天很正經。
明天想必也很
正經。
金紅石
硬度／六
這位名醫最近盡是得面對
全新又未知的挑戰。
壓力很大。
藍柱石
硬度／七．五
擅長計算。
如果開口問他，
他會告訴你大家的歲數，
連天數都說得出來。
橄欖石
硬度／六．五
負責造紙。
比年長的黃鑽還成熟。
金剛老師
硬度／？
被謎團包圍著。
重要的部分不會那麼
輕易讓人看穿唷。
榍石
硬度／五
負責工藝與設計。
外表華麗又閃亮，其實喜歡
緩慢又單調的工作。

目次

第三十七話　代替　5
第三十八話　幽靈水晶　27
第三十九話　自我警惕　51
第四十話　名字　71
第四十一話　景象　91
第四十二話　破裂　115
第四十三話　棋盤之上　141
第四十四話　捷徑　167
幸運之國　195

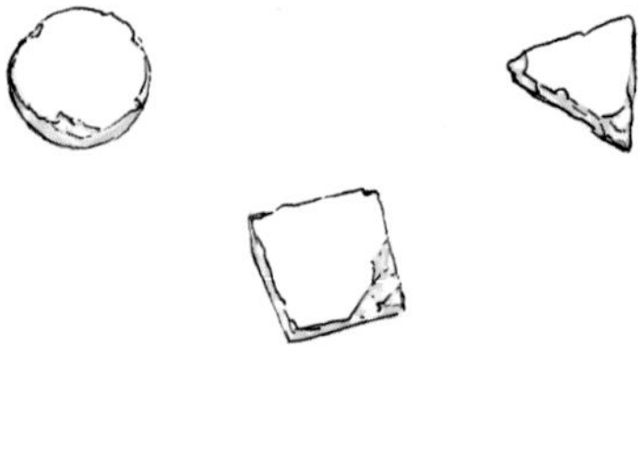

第三十七話 代替

慘了。
……小磷!?
才怪。

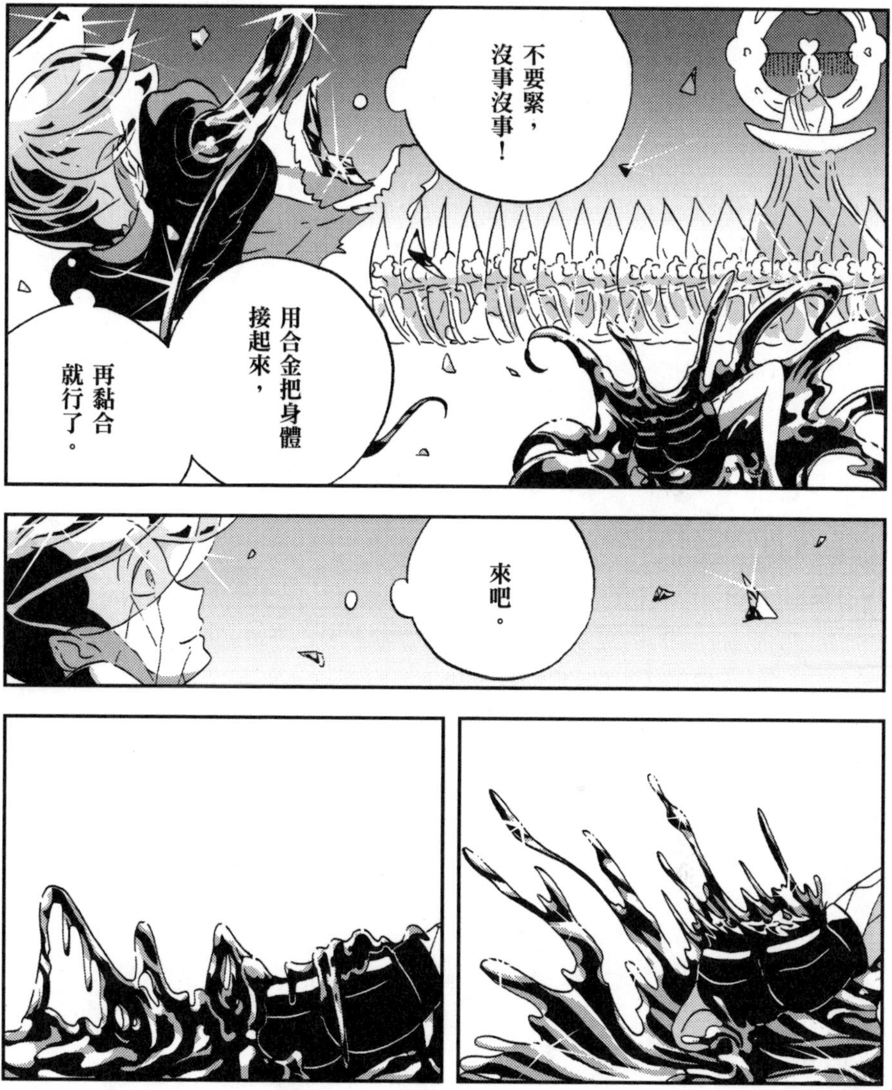
不要緊，沒事沒事！
用合金把身體接起來，
再黏合就行了。
來吧。
怎麼不行？

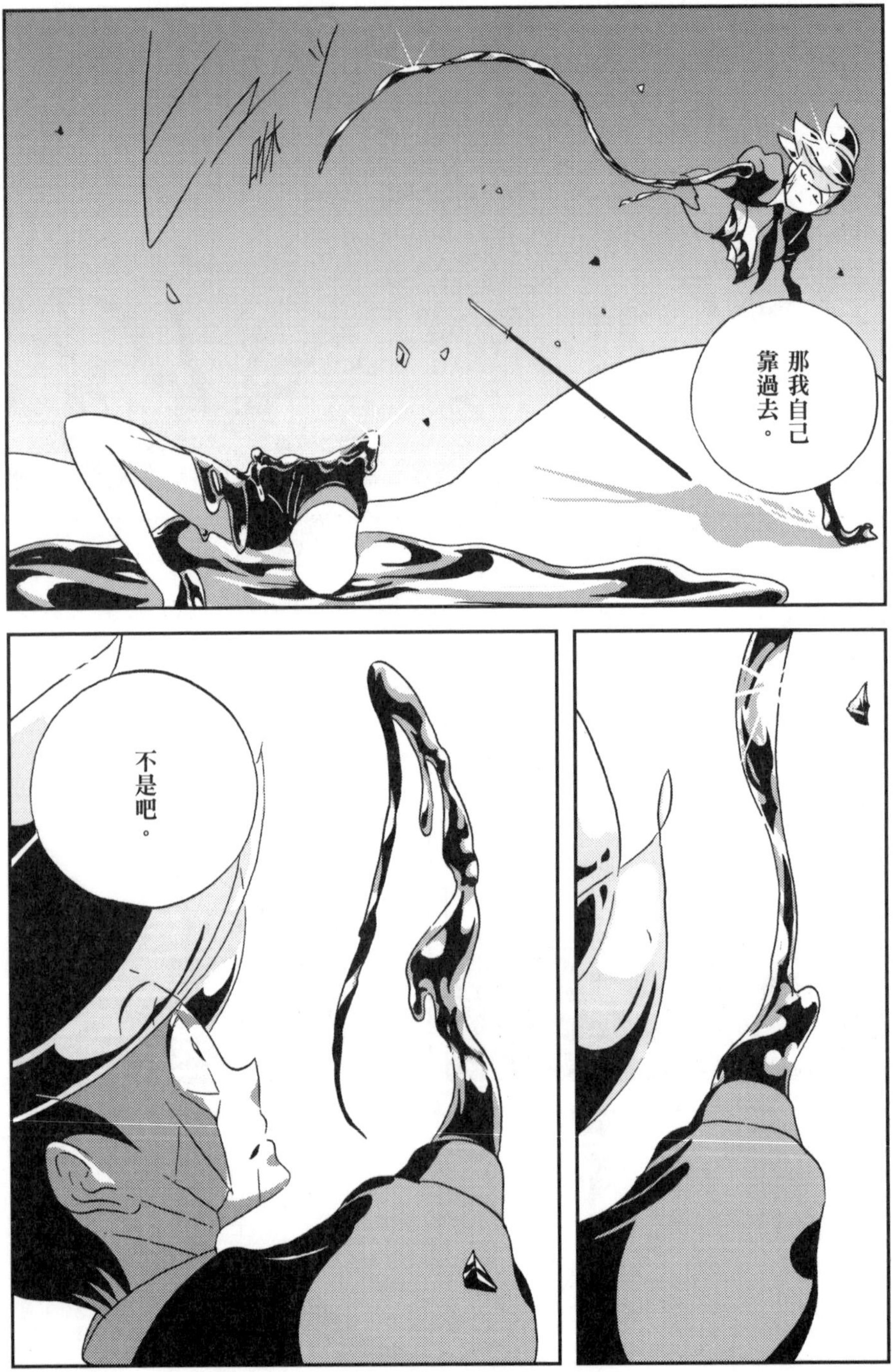
咻
那我自己靠過去。
不是吧。

騙人騙人騙人騙人
真的假的？
我
沒辦法
出力。

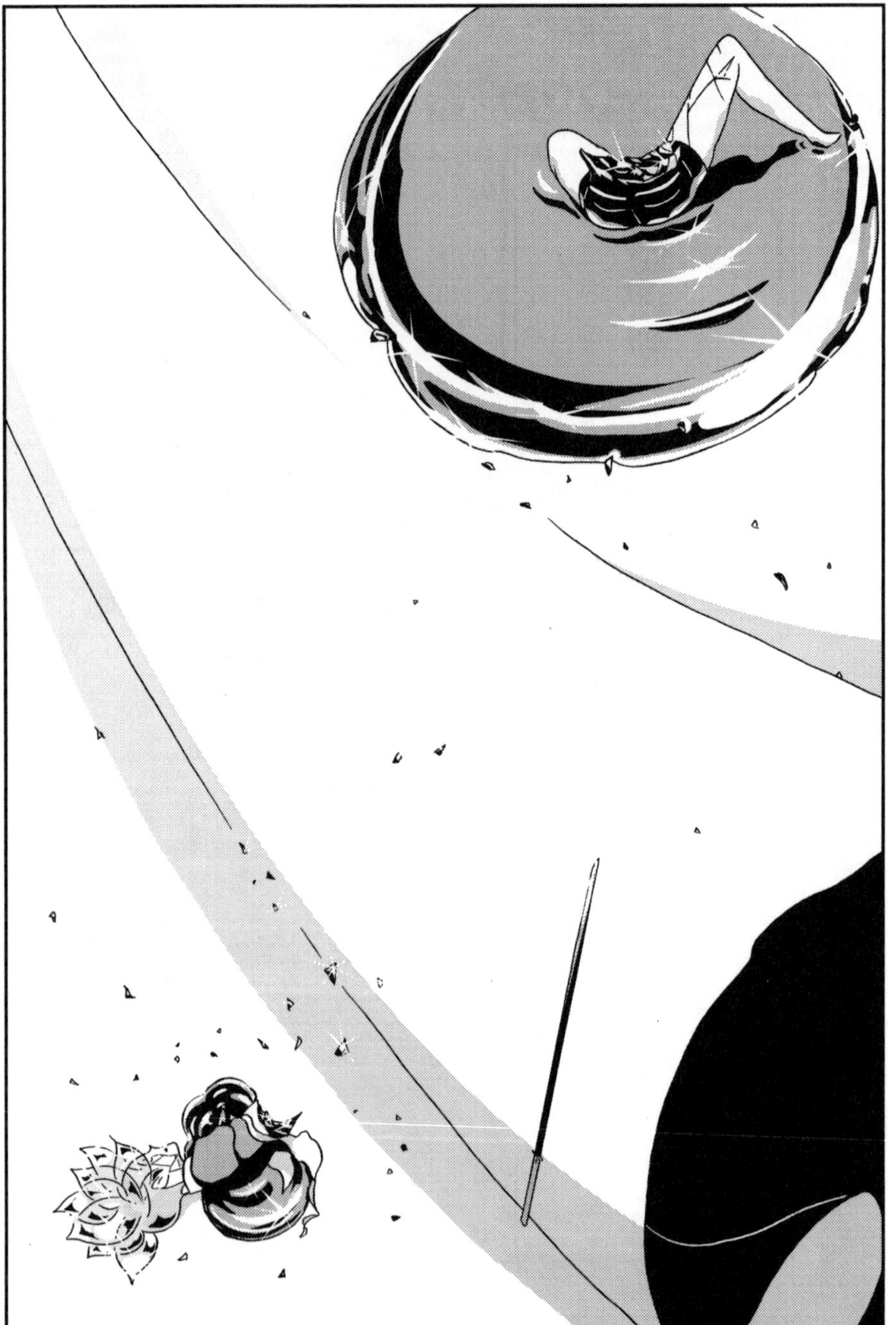

斬
不行唷。
提
！
好重！

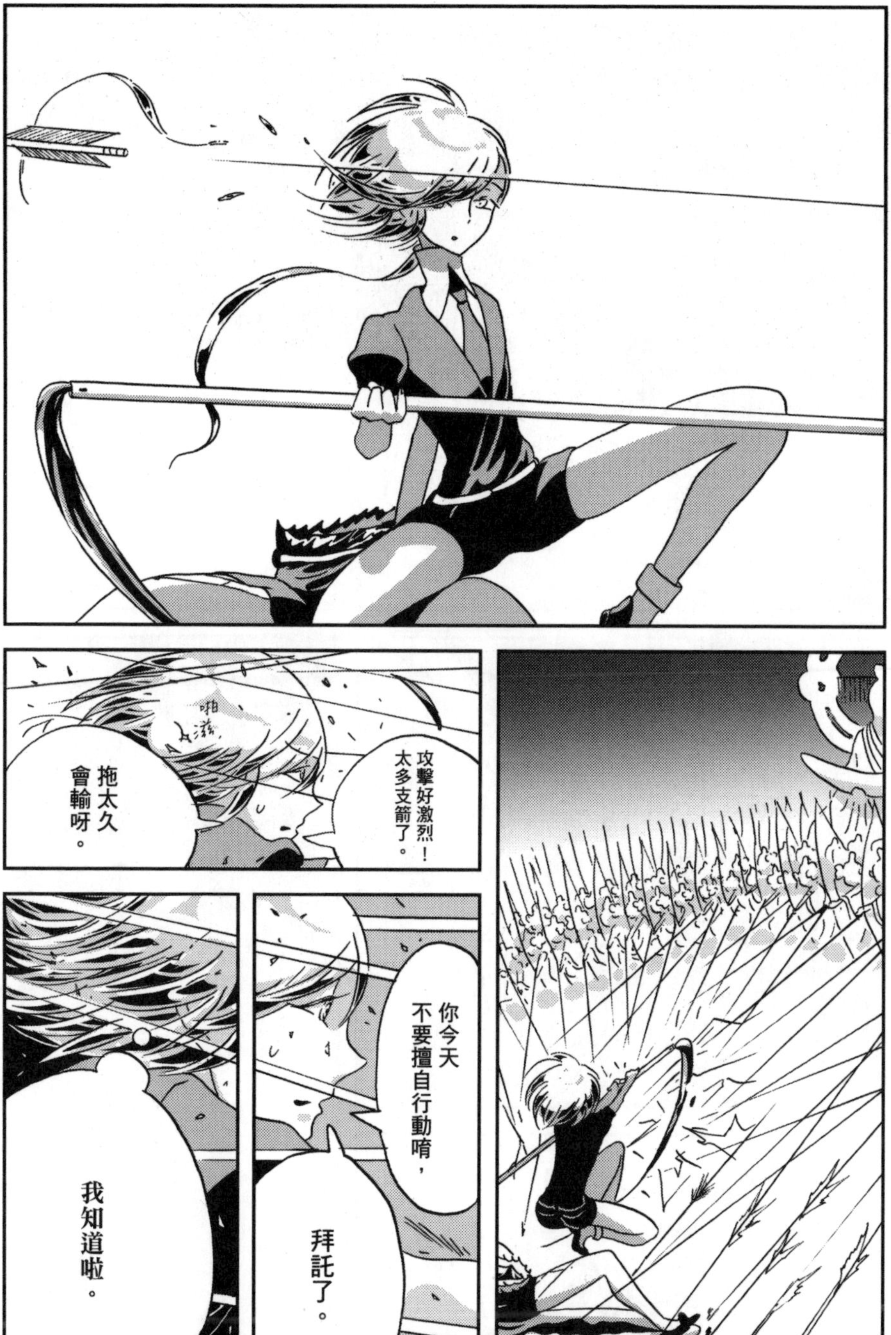
啪滋
攻擊好激烈！太多支箭了。
拖太久會輸呀。
你今天不要擅自行動唷，
拜託了。
我知道啦。

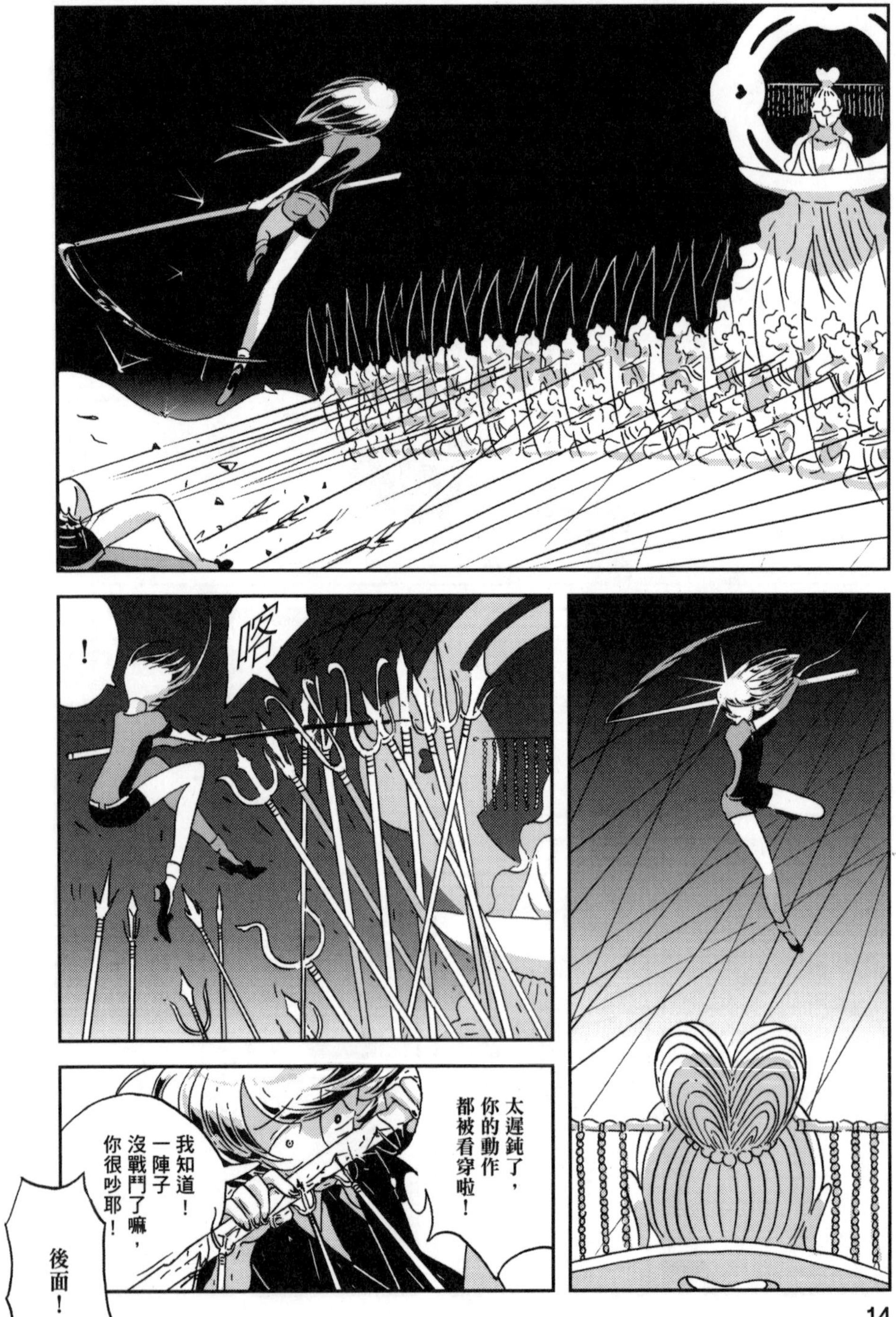

喀
！
太遲鈍了，你的動作都被看穿啦！
我知道！一陣子沒戰鬥了嘛，你很吵耶！
後面！

!
斬
斷

喀
改變作戰計畫。
要採取持久戰嗎？太麻煩了啦。
先讓小磷的下半身也掉下去。
要成功引開他們，只有一個方法。
嗯。

我知道。

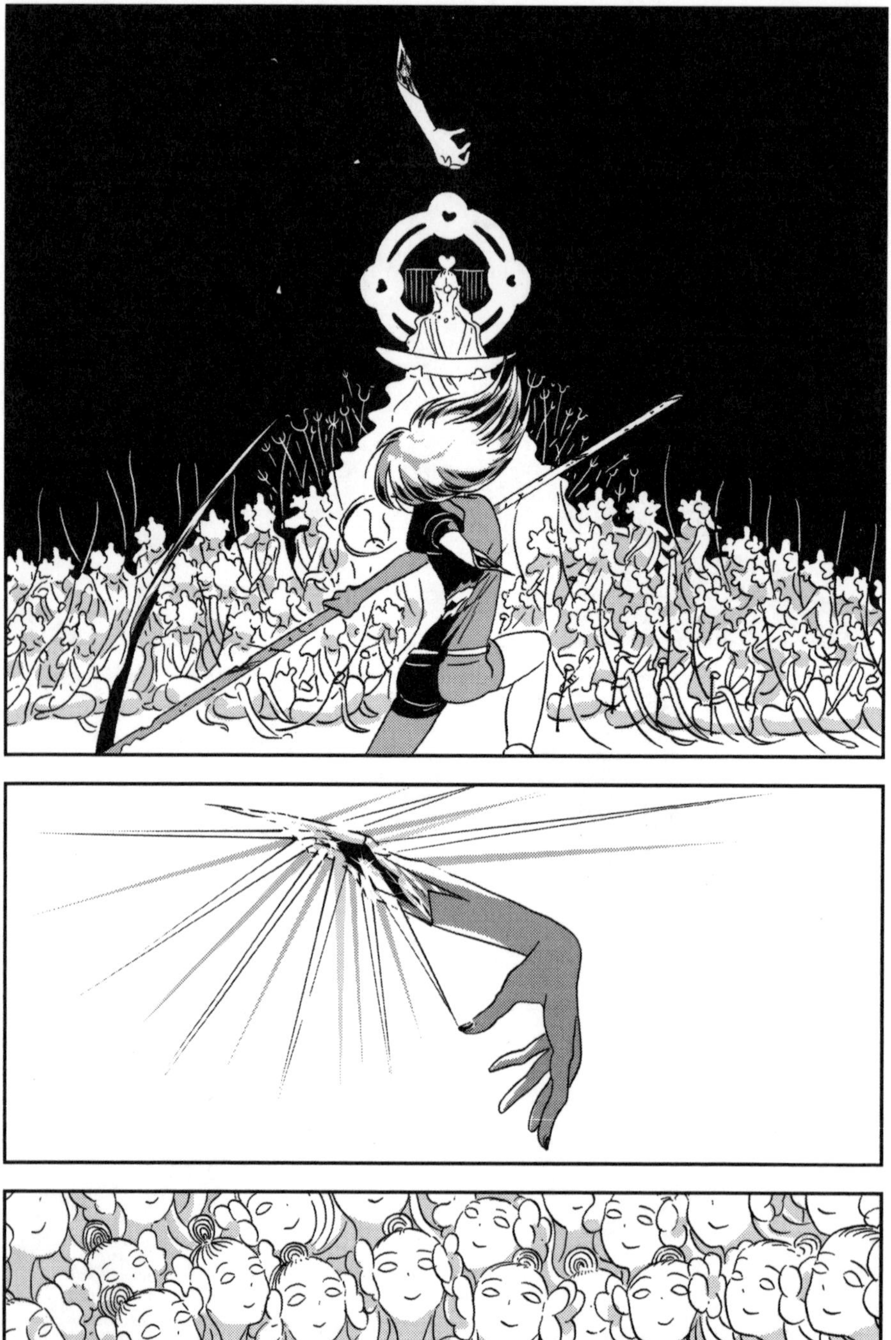

斬
斷
喀
啦
啊哈。
NICE。

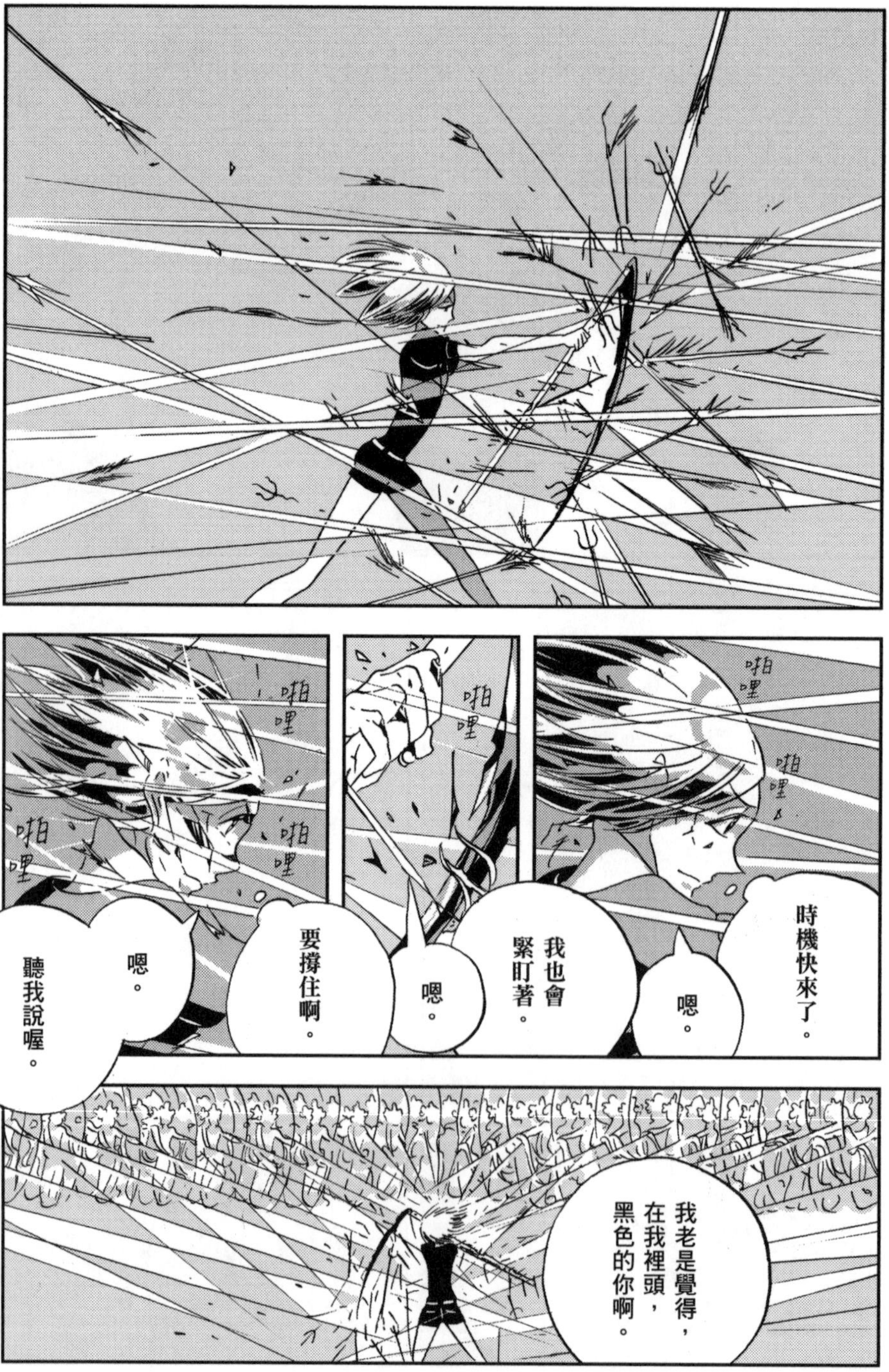
啪哩
啪哩
時機快來了。
嗯。
啪哩
我也會緊盯著。
嗯。
啪哩
啪哩
啪哩
要撐住啊。
嗯。
聽我說喔。
我老是覺得，在我裡頭，黑色的你啊。

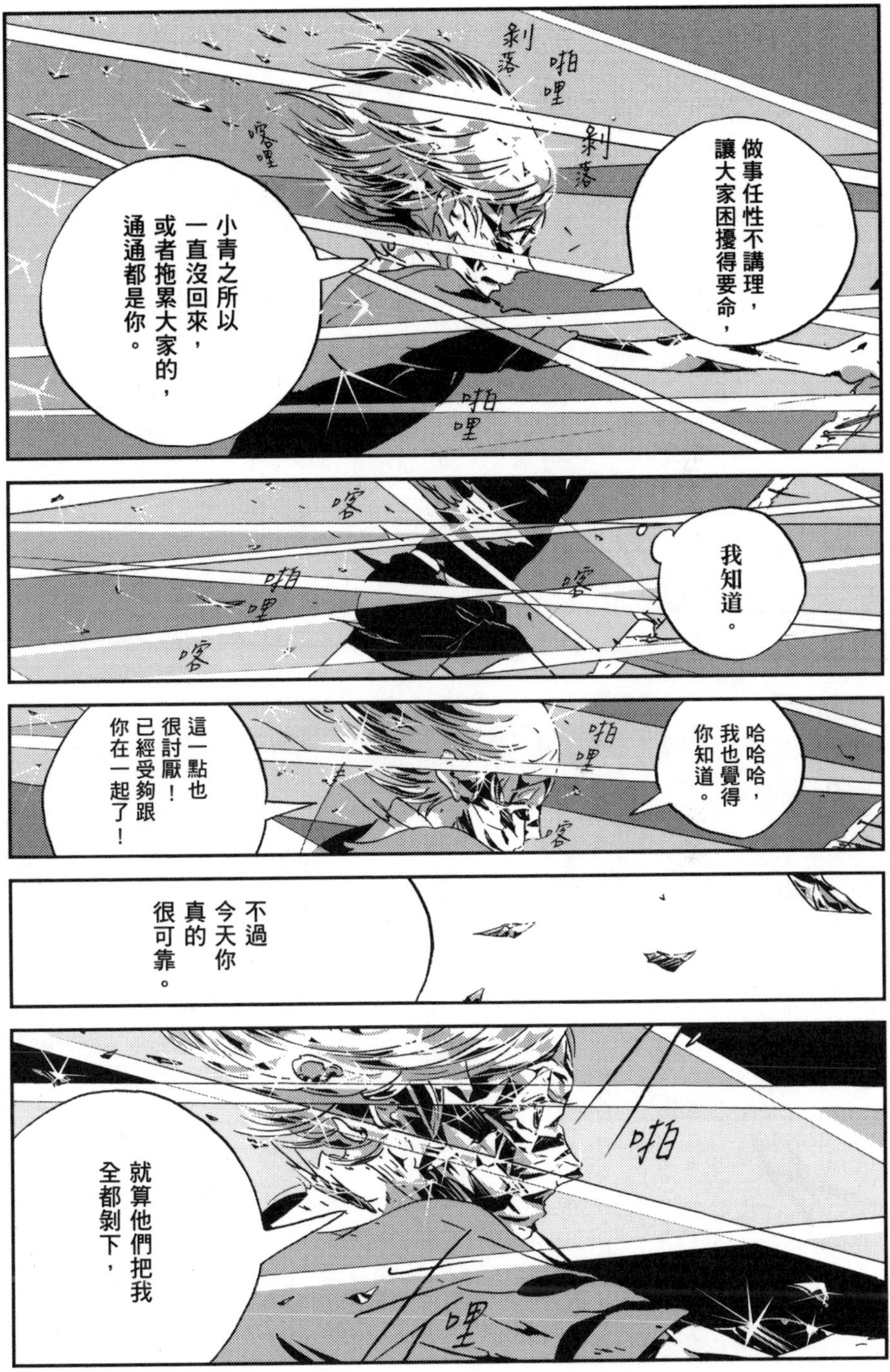
剝落
啪哩
剝落
喀哩
做事任性不講理，讓大家困擾得要命，
小青之所以一直沒回來，或者拖累大家的，通通都是你。
啪哩
喀
我知道。
喀
啪哩
喀
啪哩
喀
哈哈哈，我也覺得你知道。
這一點也很討厭！已經受夠跟你在一起了！
不過今天你真的很可靠。
啪
就算他們把我全都剝下，
哩

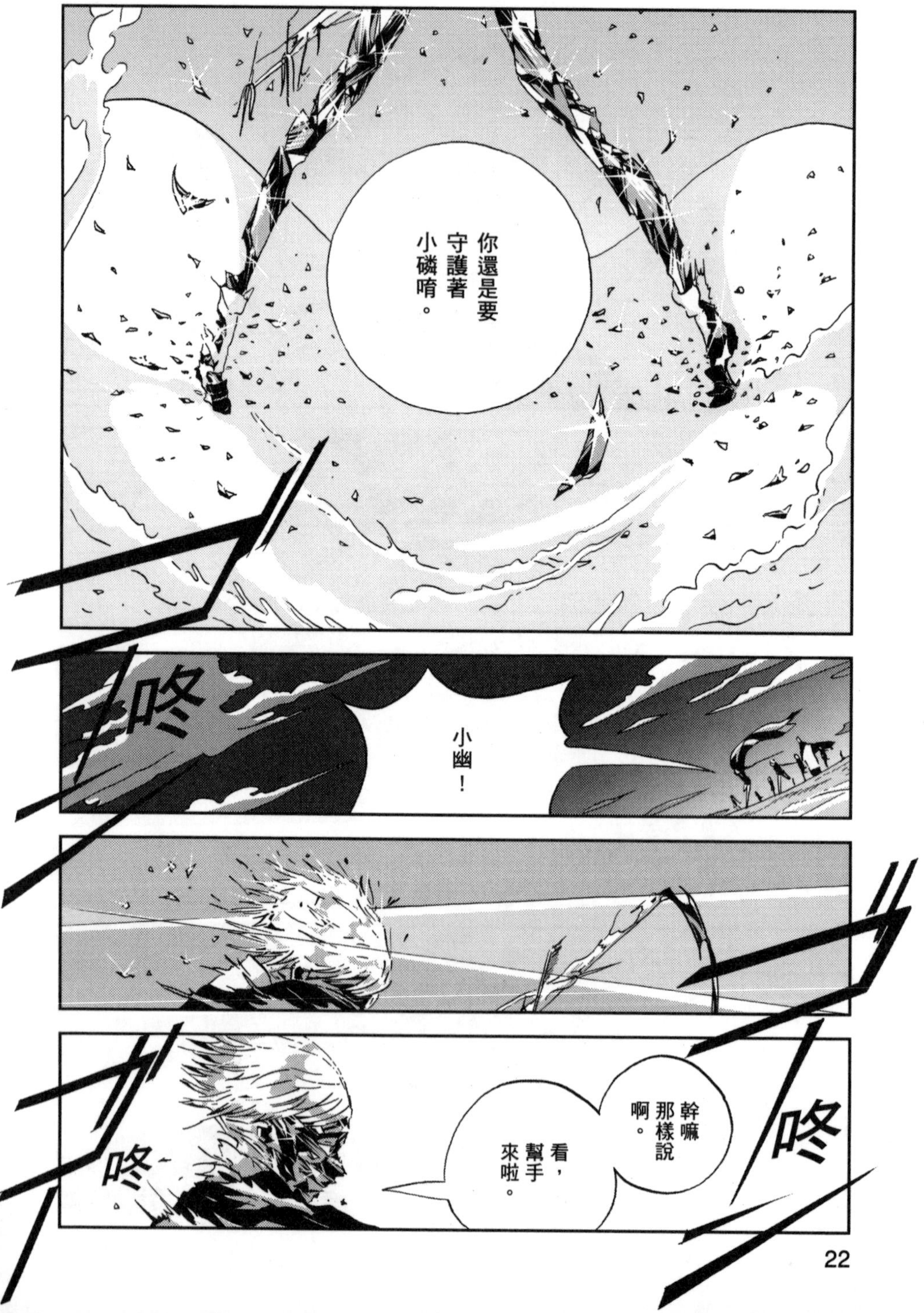
你還是要守護著小磷唷。
咚
小幽！
幹嘛那樣說啊。
看，幫手來啦。
咚
咚

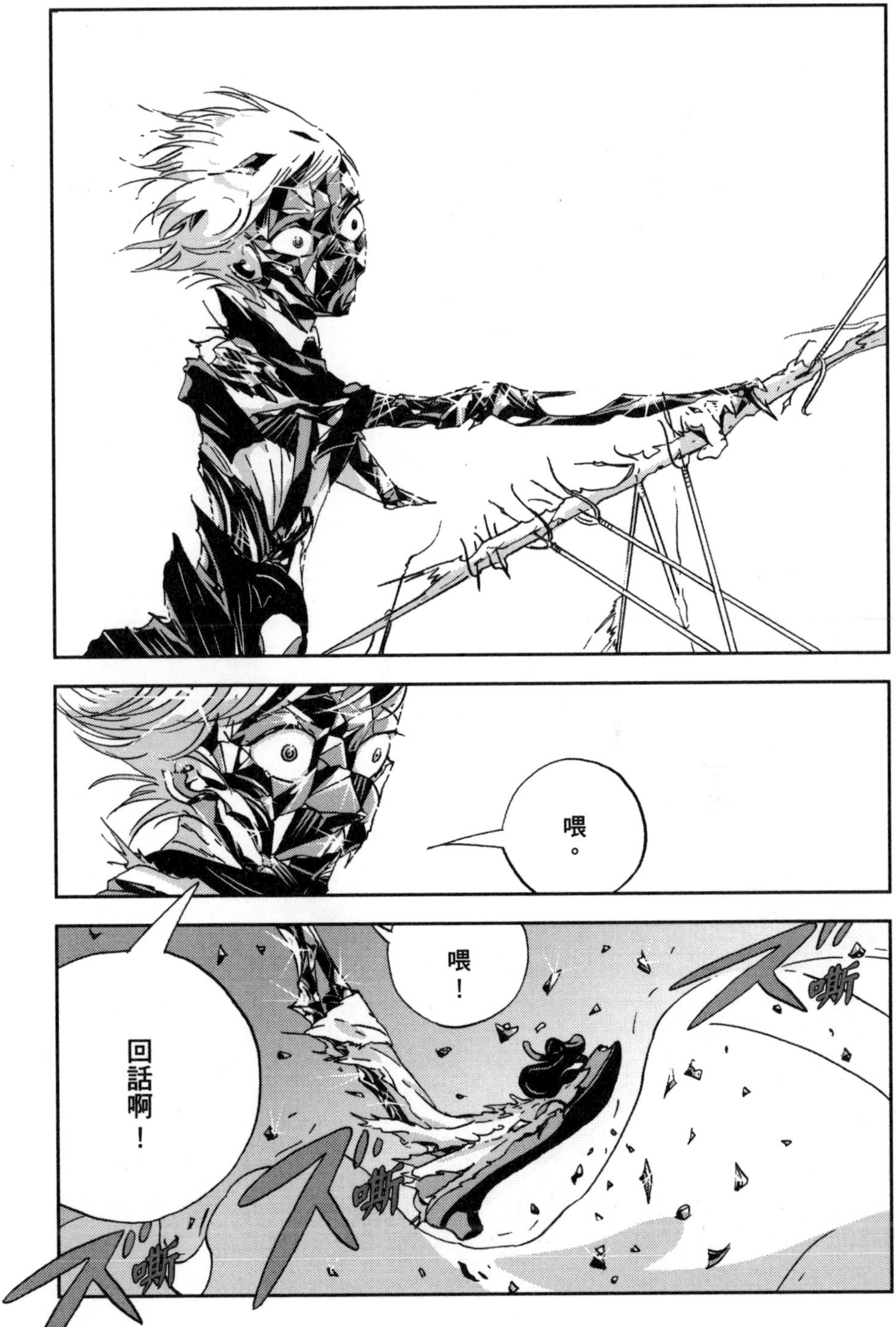
喂。
喂！
回話啊！
嘶
嘶
嘶

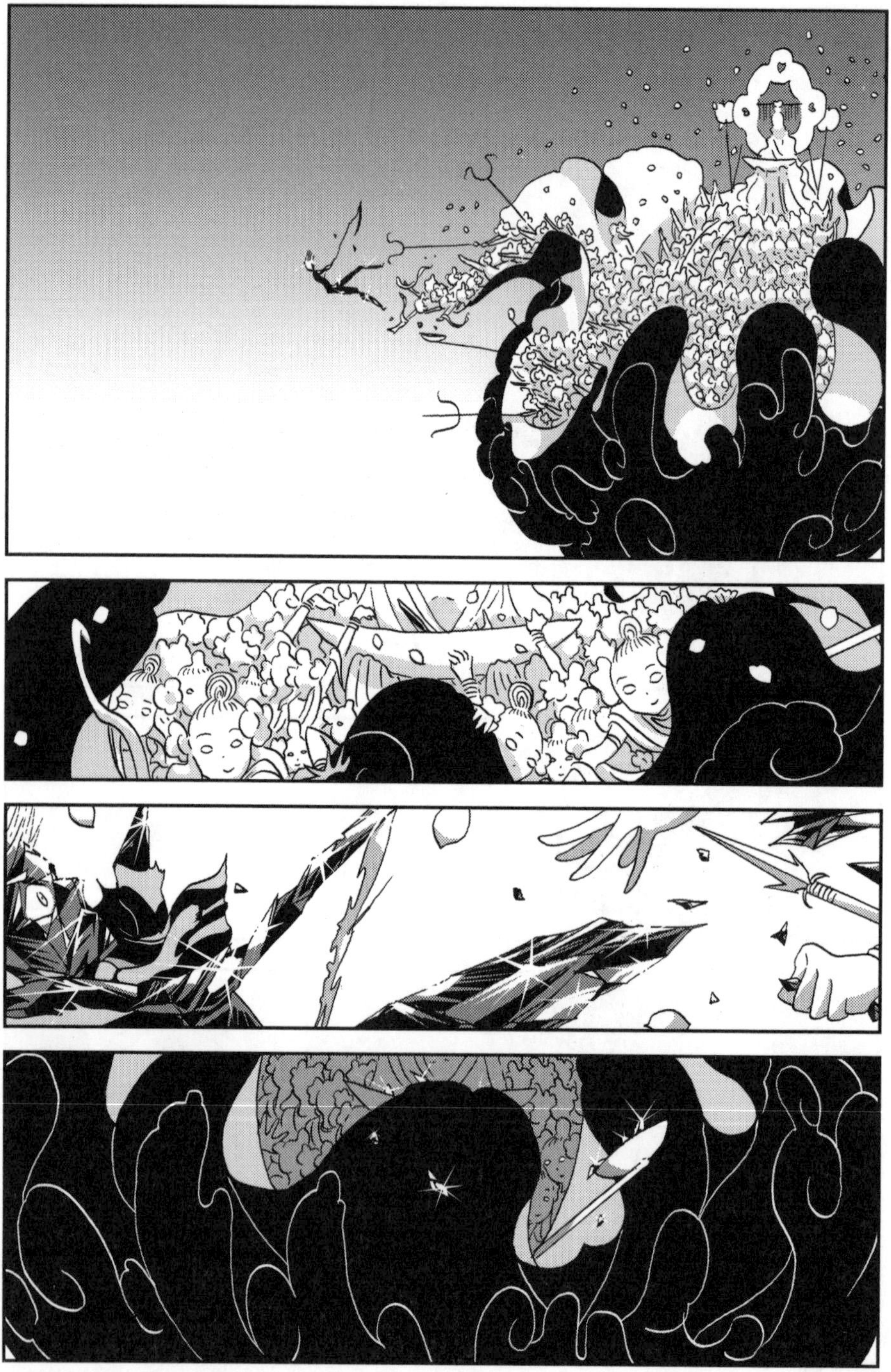

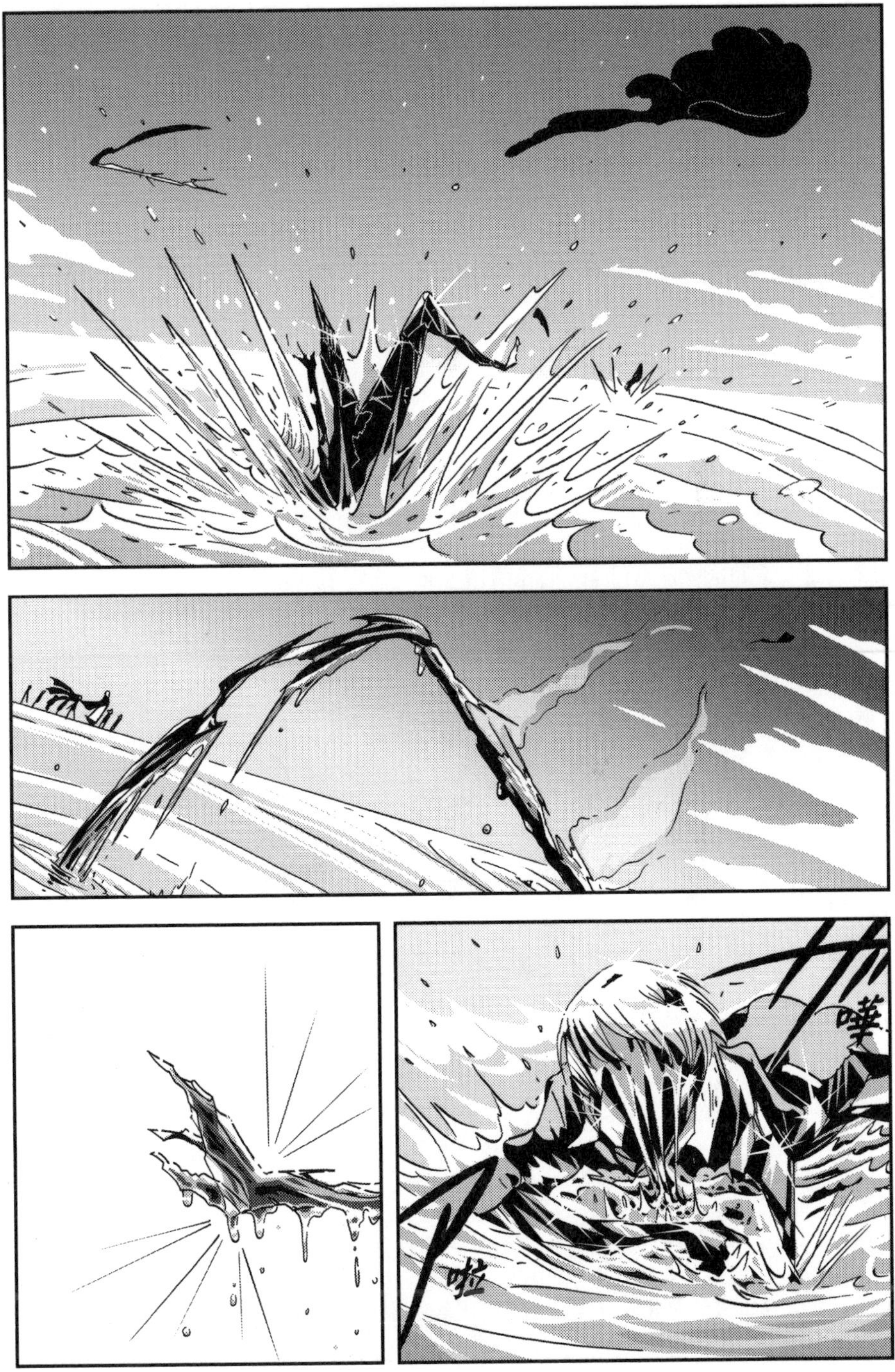
嘩
啦

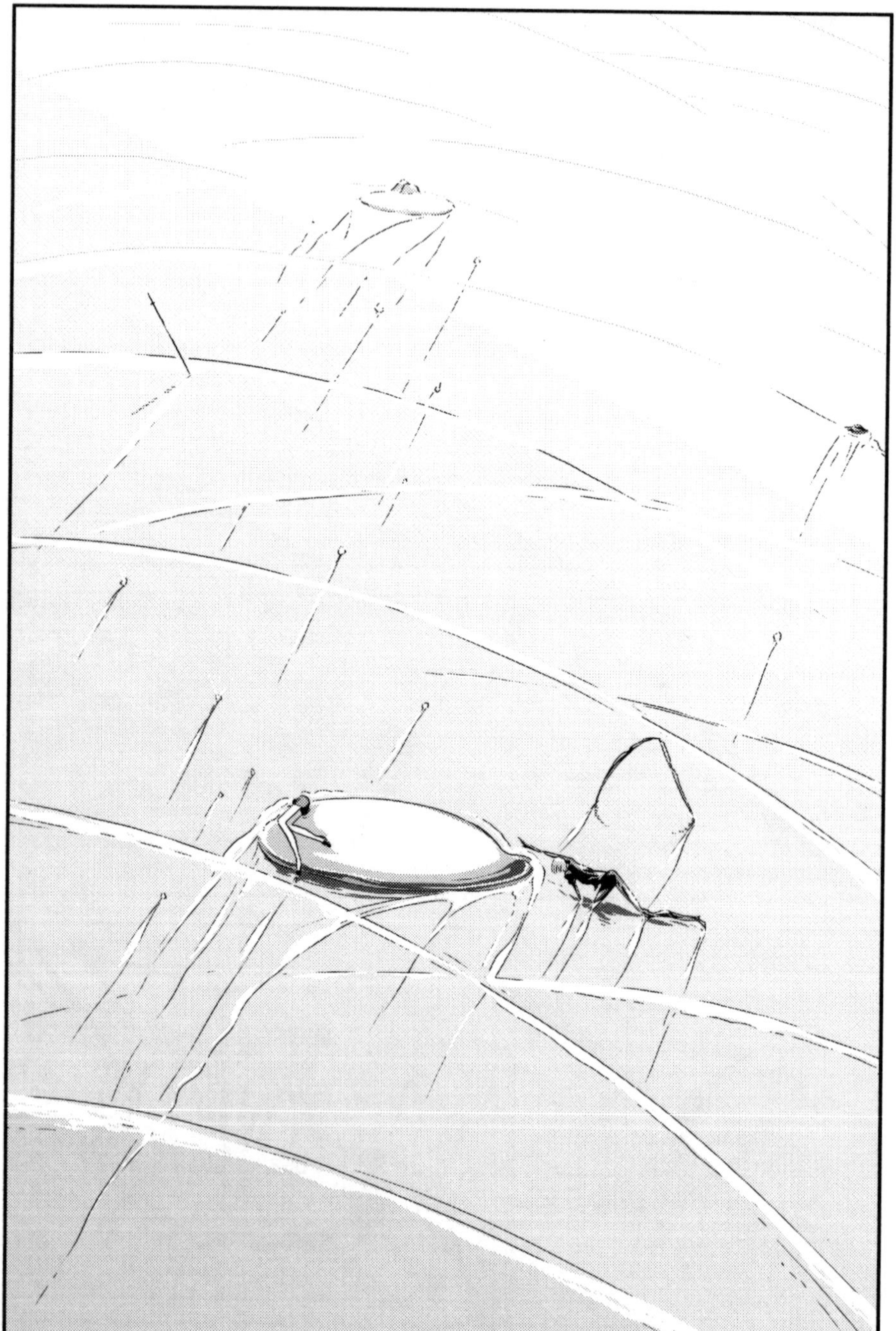

〔第三十七話　代替〕　終

第三十八話

幽靈水晶

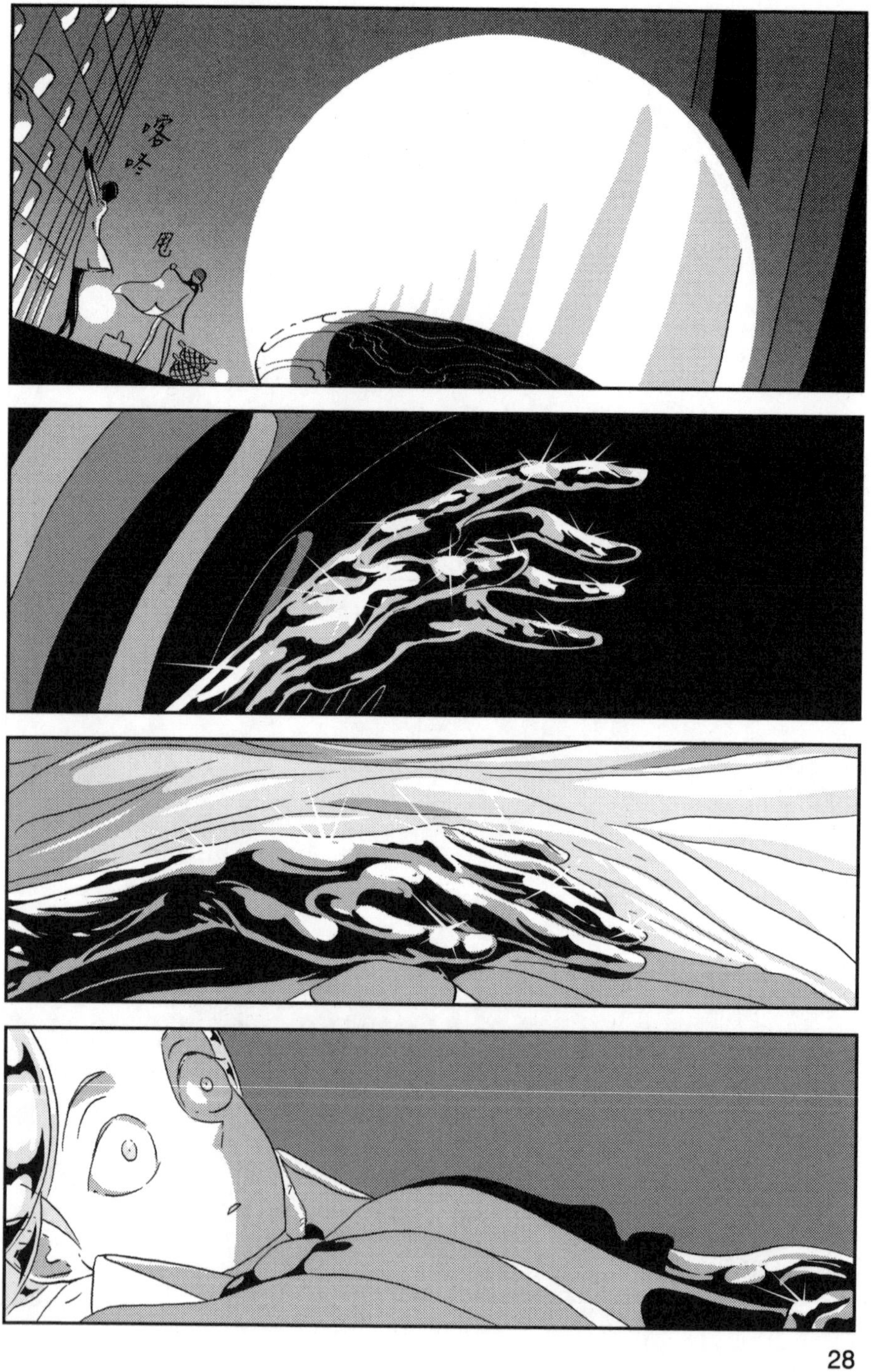
喀咚

小幽呢？
…………
在老師那裡。
他還在啊。
沒事啊，太好了……
太好了……

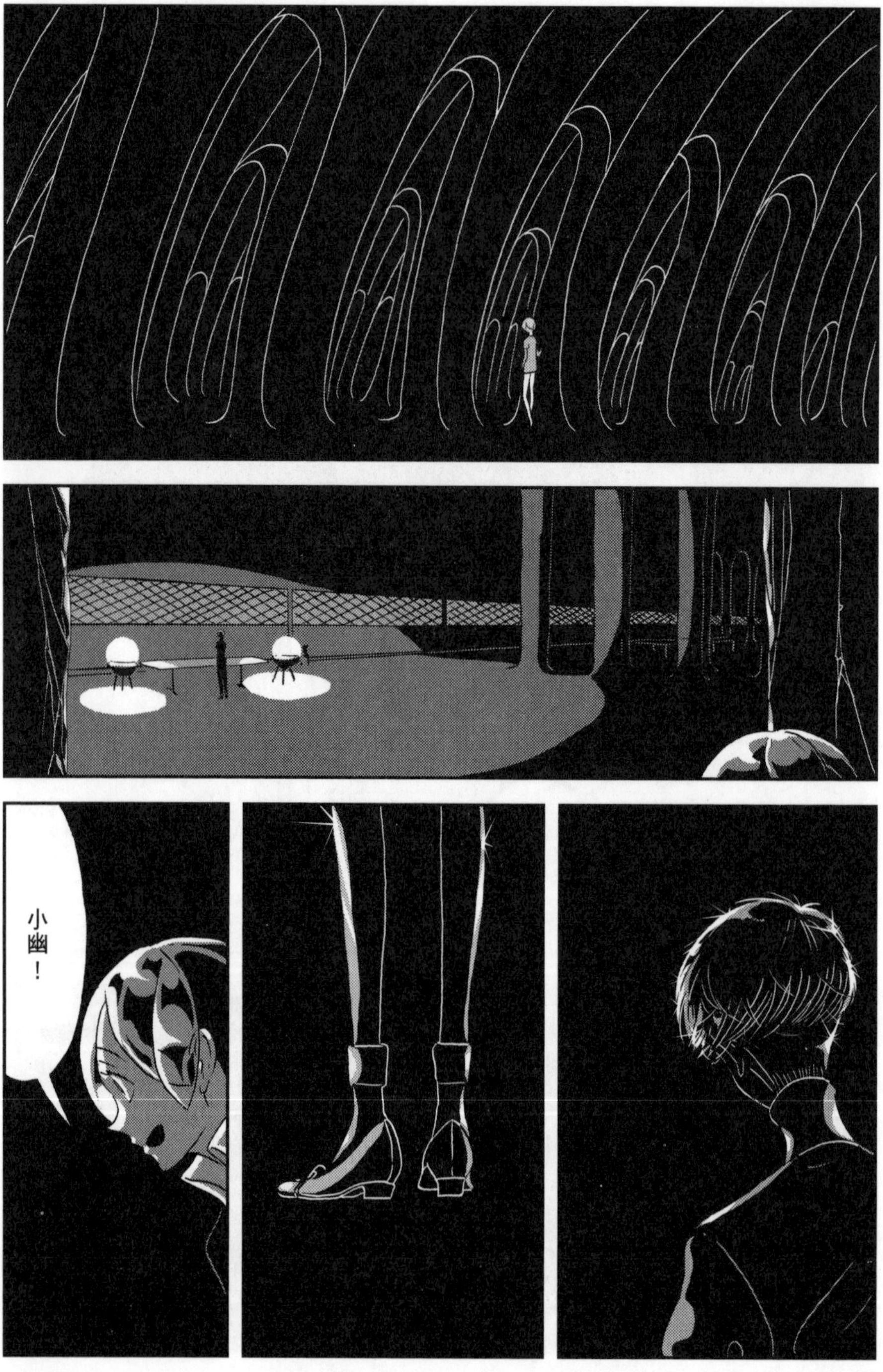
小幽！

對不起！
幸好你沒事。
哎呀，
真的是太好了。
小幽，
是你吧？

喀
唰

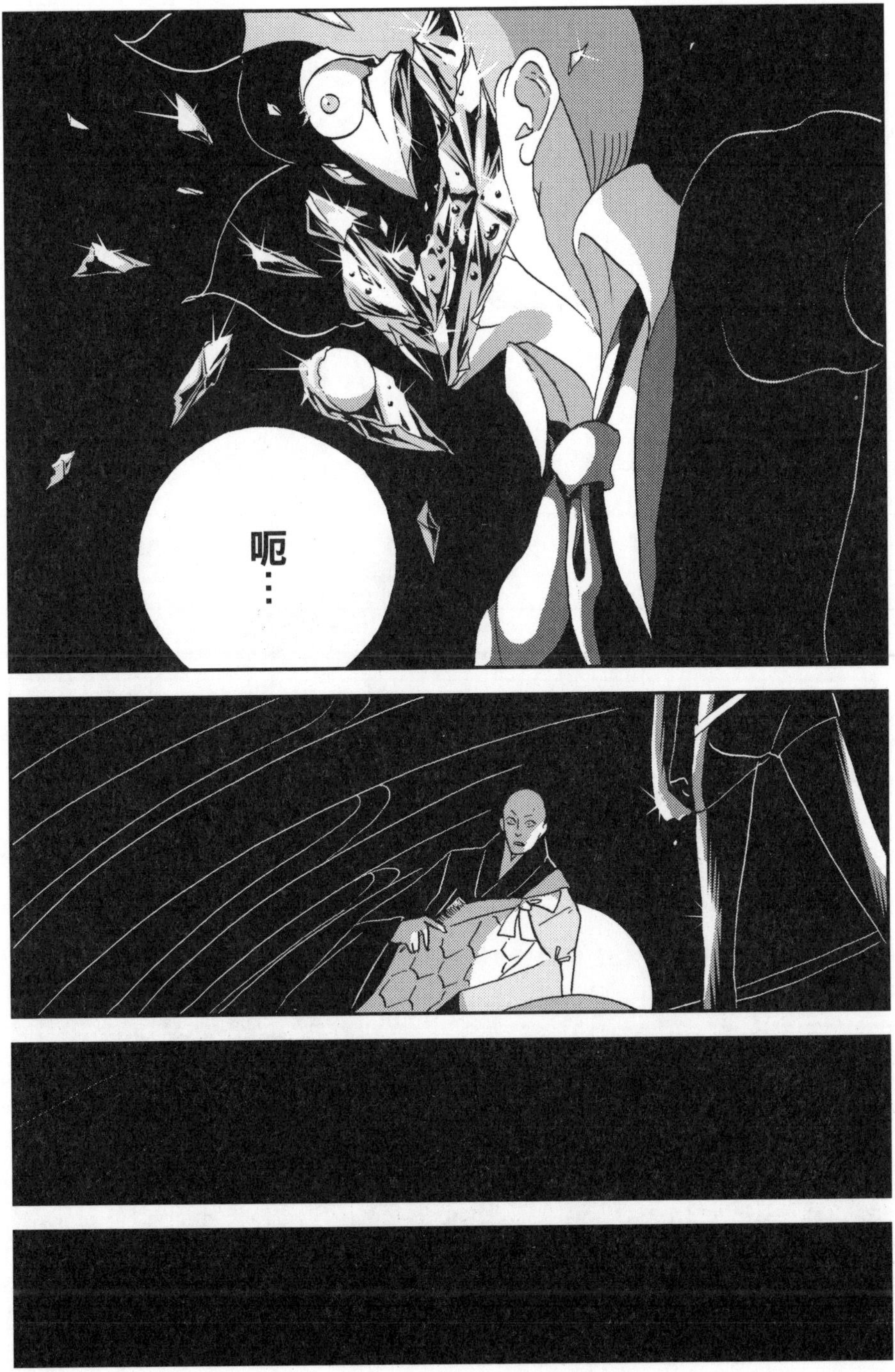
呃⋯⋯

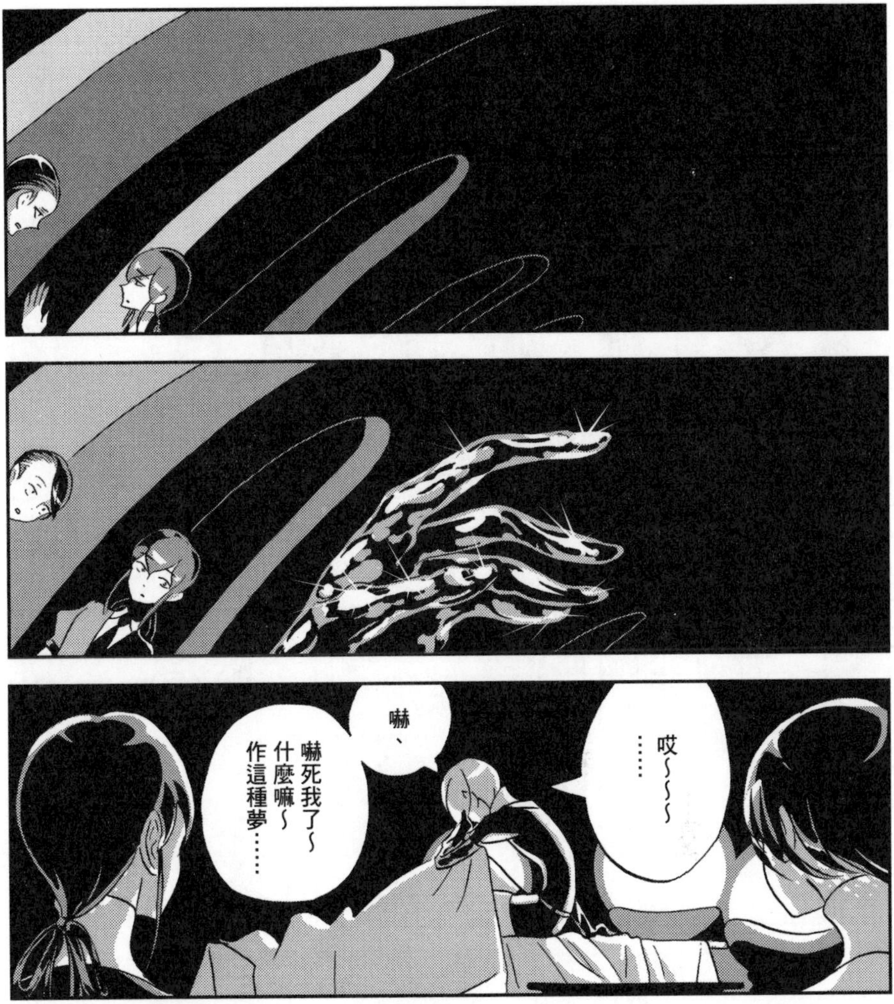
哎~~~……
嚇、
嚇死我了~什麼嘛~作這種夢……
想說髮型不一樣但還是穿著反折襪，一定是小幽沒認錯，結果才一搭話就被不認識的黑色傢伙突然揍了一拳……
小幽在吧？
在。
老師那裡？
對。

跟夢裡一樣啊……
不跟他說嗎？
口頭說明得了嗎？

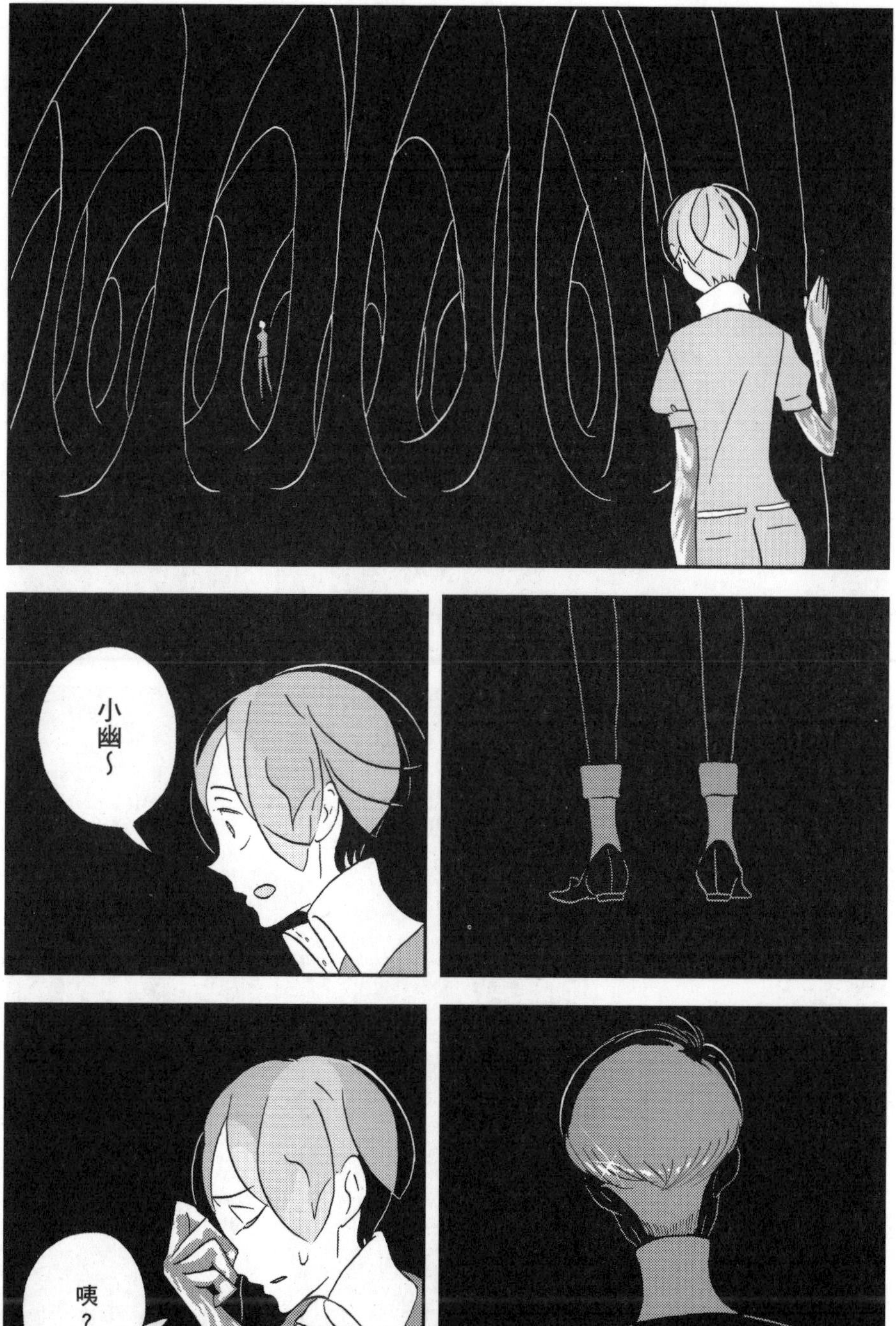
小幽～
咦？

喀
嗚哇！
唧
又是…夢嗎？
嚇死人了……
又是他，真不舒服……

你醒了啊？
嗚哇啊啊啊啊啊啊
小幽。
怎樣啦。

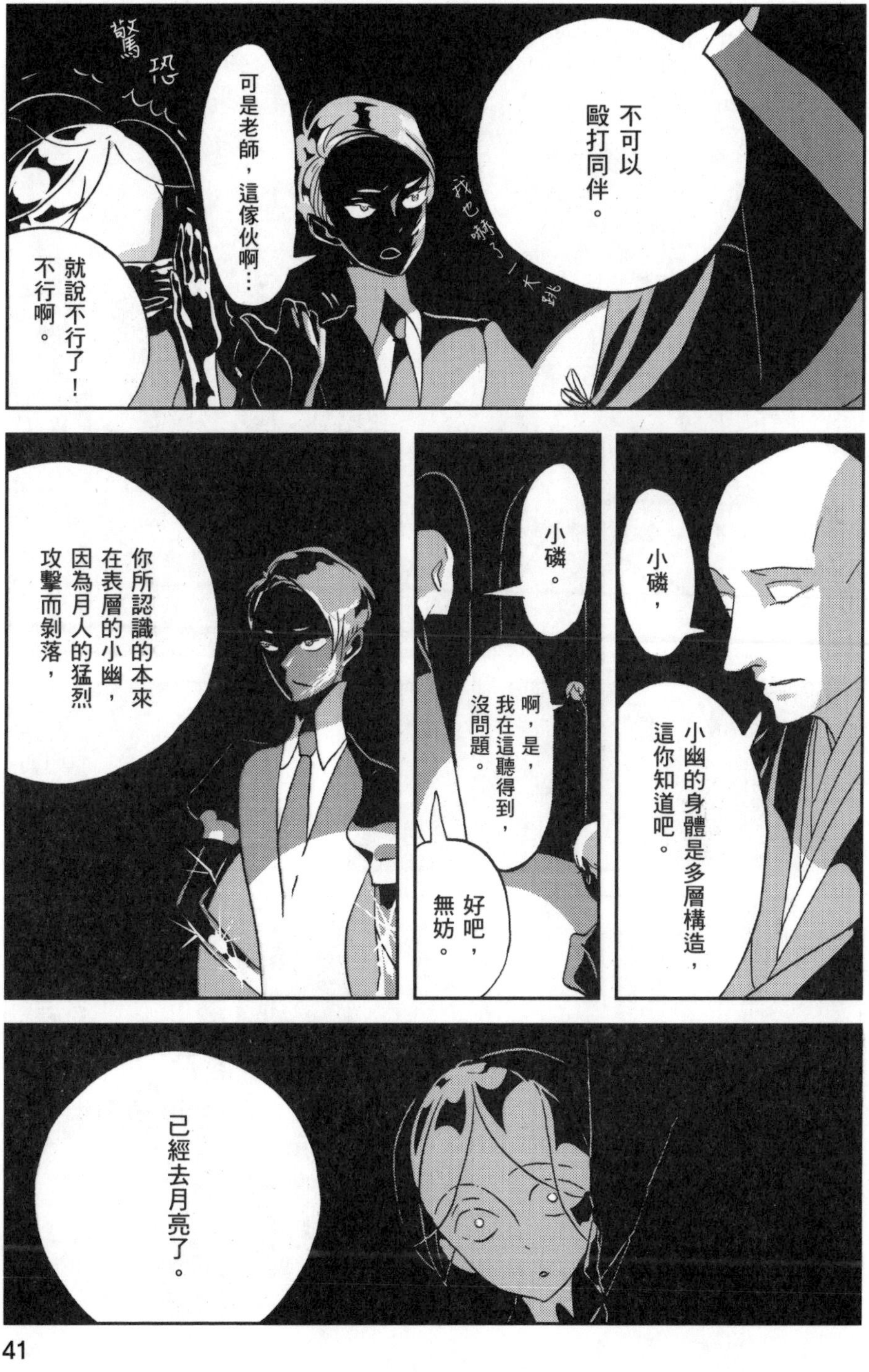

不可以毆打同伴。
我也嚇了一大跳
可是老師，這傢伙啊…
驚恐
就說不行了！不行啊。
小磷，
小幽的身體是多層構造，這你知道吧。
小磷。
啊，是，我在這聽得到，沒問題。
好吧，無妨。
你所認識的本來在表層的小幽，因為月人的猛烈攻擊而剝落，
已經去月亮了。

就是你害的。
當時他在保護被截成兩段的你，就因為你得意忘形。
你想找到跟月人的溝通方式？
我不知道你是想跟月人說話還怎樣的啦。

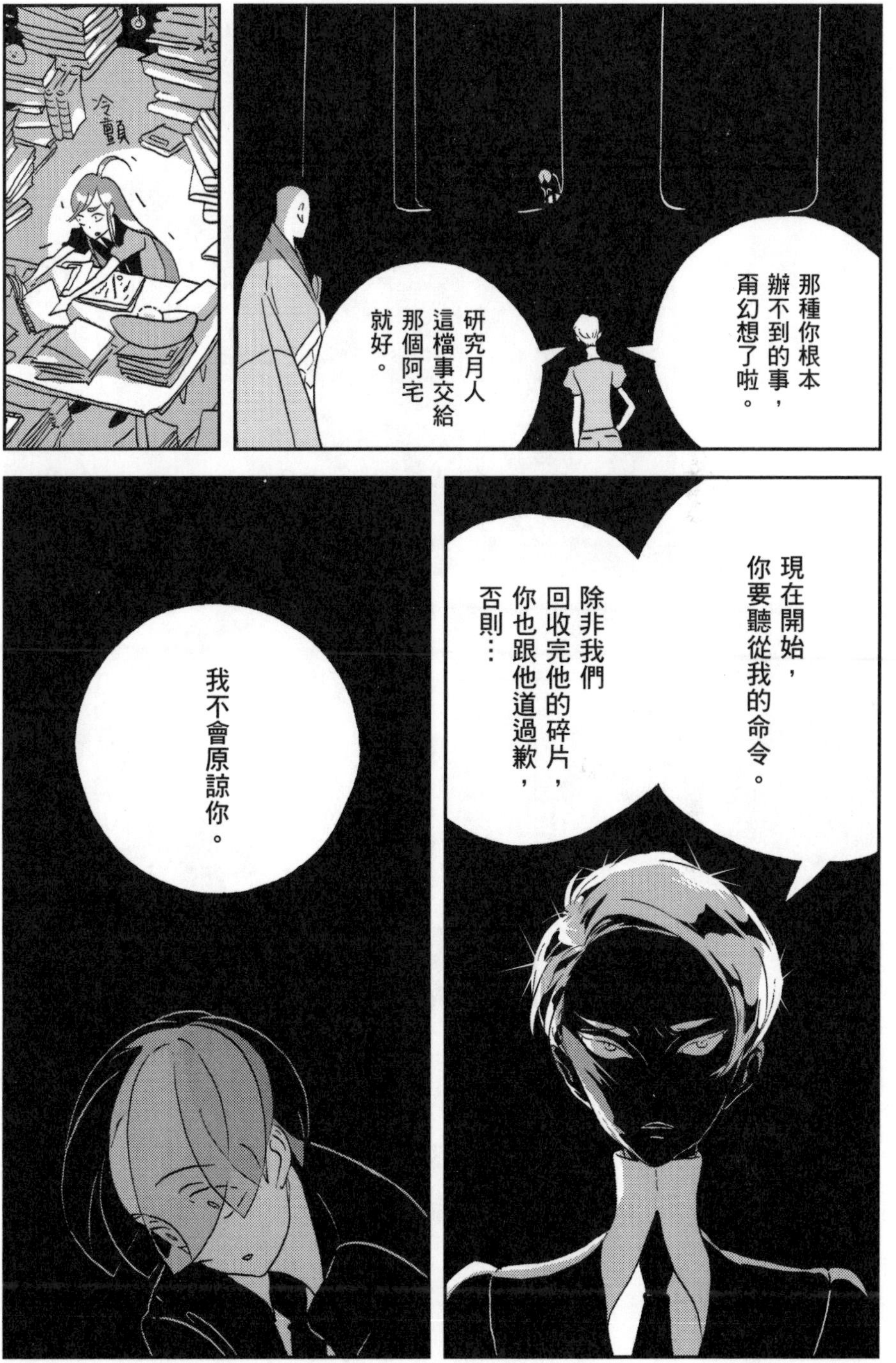
那種你根本辦不到的事，甭幻想了啦。
研究月人這檔事交給那個阿宅就好。
冷顫
現在開始，你要聽從我的命令。
除非我們回收完他的碎片，你也跟他道過歉，否則…
我不會原諒你。

小幽，不准太苛責小磷。
老師你太縱容他了！
就是因為老師太縱容，這傢伙才會都不節制，得寸進尺！不設個底線是不行的！不然他下次還會幹一樣的事！
這的確是我的責任。
拜託，
再揍我一拳吧。
搞不好這還是夢。
別想逃避。
用腳踩也不行。

看來他們之間的關係變成那樣了。
低頭
是呀……
小磷還是很自責嗎？
這件事，我實在不是很想提起，
因為時間才那麼短，
跟他搭擋過的人，就已經兩個不在了……
那個，
幽靈水晶大人。

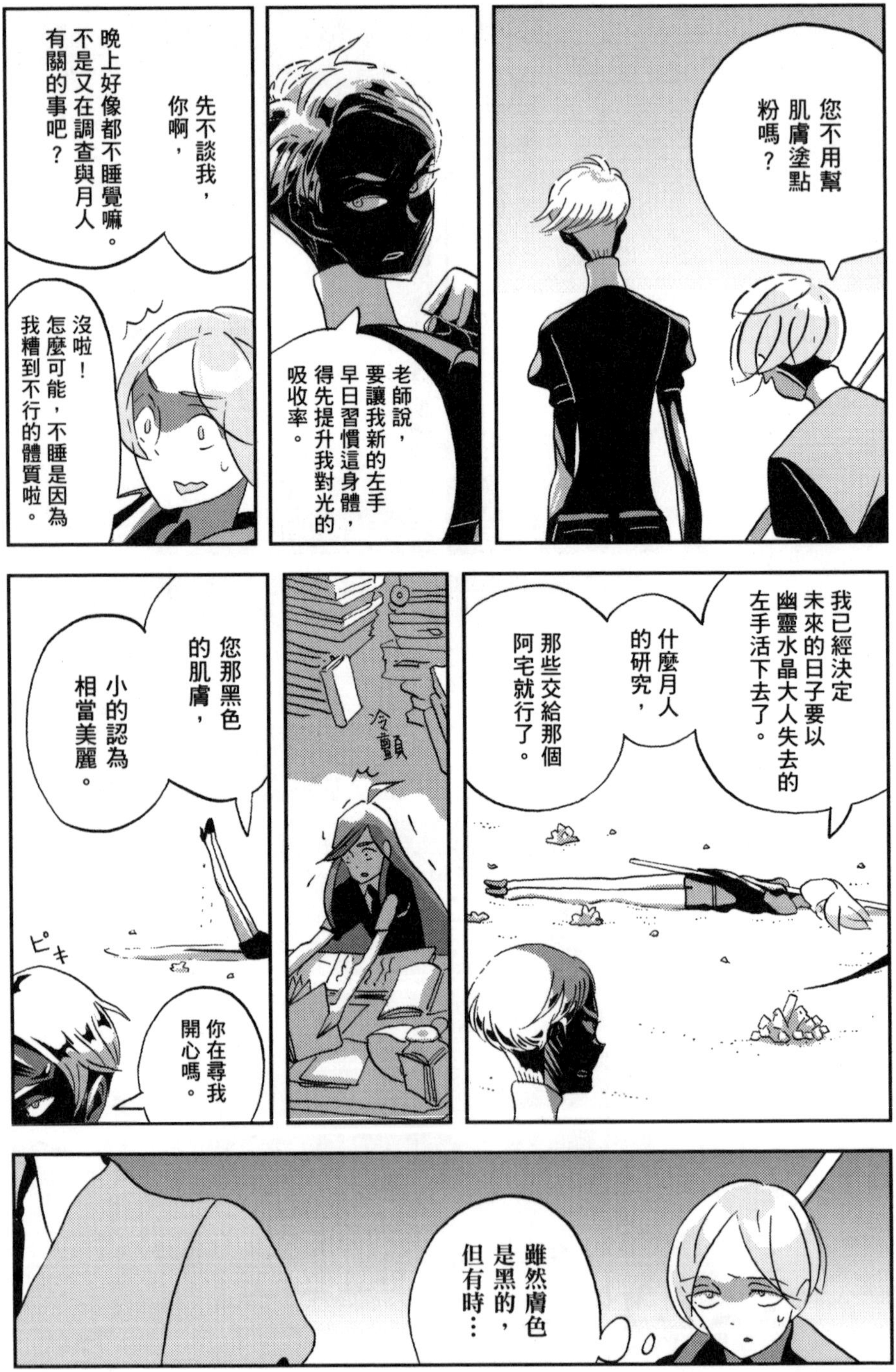
您不用幫肌膚塗點粉嗎？
老師說，要讓我新的左手早日習慣這身體，得先提升我對光的吸收率。
先不談我，你啊，晚上好像都不睡覺嘛。不是又在調查與月人有關的事吧？
沒啦！怎麼可能，不睡是因為我糟到不行的體質啦。
我已經決定未來的日子要以幽靈水晶大人失去的左手活下去了。
什麼月人的研究，那些交給那個阿宅就行了。
冷顫
您那黑色的肌膚，小的認為相當美麗。
ピキ
你在尋我開心嗎。
雖然膚色是黑的，但有時⋯

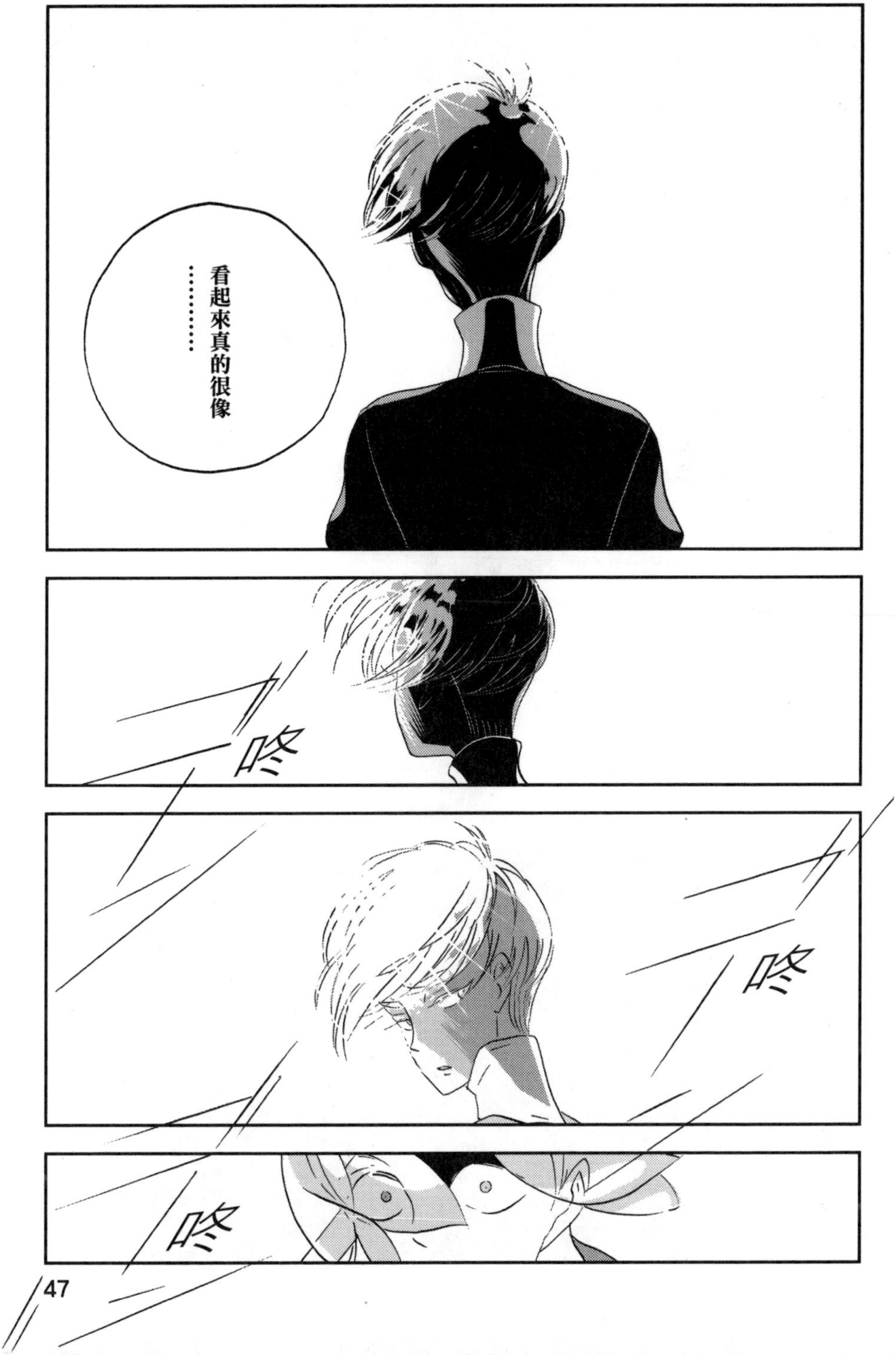
看起來真的很像……
咚
咚
咚

嗡
來了嗎。
嘖。
可惜不是我先看到。

喂！
你知道你在幹嘛嗎！
太危險了，你可能會被帶走。
裂
小南。

〔第三十八話　幽靈水晶〕　終

第三十九話 自我警惕

你啊，
剛剛說什麼？
嗯？
太危險了，你可能會被帶走，小南。
危險的是你啊~！

ズオッ
嘶嘶
嗯？
ズオッ
嘶嘶
哇！
呃
ズズッ
嘶嘶
ズズッ
嘶嘶
ズズッ
嘶嘶
有聽到什麼怪聲嗎？
怪聲？
好像有什麼東西被拖著……
ズズッ
嘶嘶
ズズッ
嘶嘶
ズズッ
嘶嘶
看來他們之間的關係還是沒定下來。
是啊……
嘶

小磷。
那是什麼～？
哦，就是啊，不能讓小南被抓走啊。
喂
喂
瓜瓜～你在幹嘛啦！
是喔～？
小磷，「這個」不是小南，是小幽唷。
什麼「這個」!?
嘰嘰嘰

真的耶。
而且呀，小磷。
你直接用手摸小幽嗎？你的臉在剝落耶，沒事嗎？
沒事，
小幽也好，小南也罷。
總而言之，
我不想再害人被抓走了。
嗯嗯……
這樣啊～
喂，小磷！
現在正忙，可以不要聊那些有的沒的嗎！

你懂吧，小南。
就跟你說我不是小南。
我既解不開祕密，
也挽回不了一切。
滴
最後

裂
裂
什麼都…

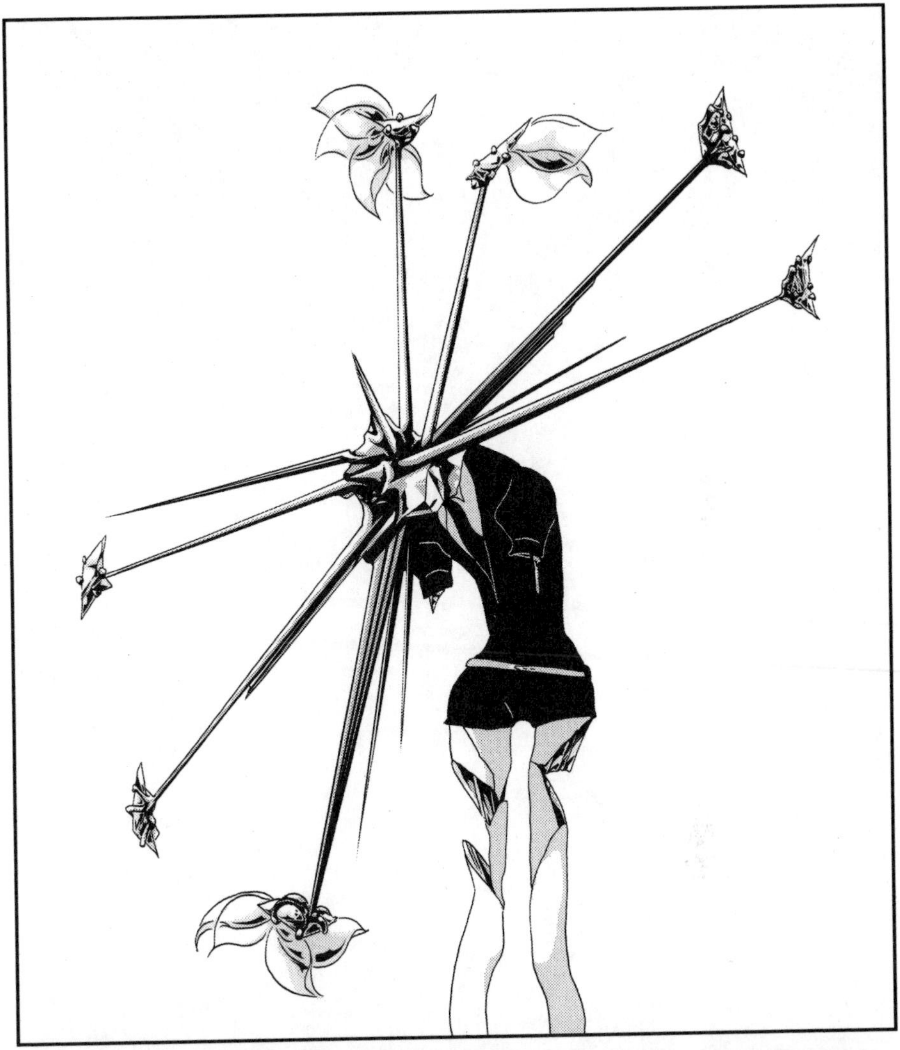

捏緊

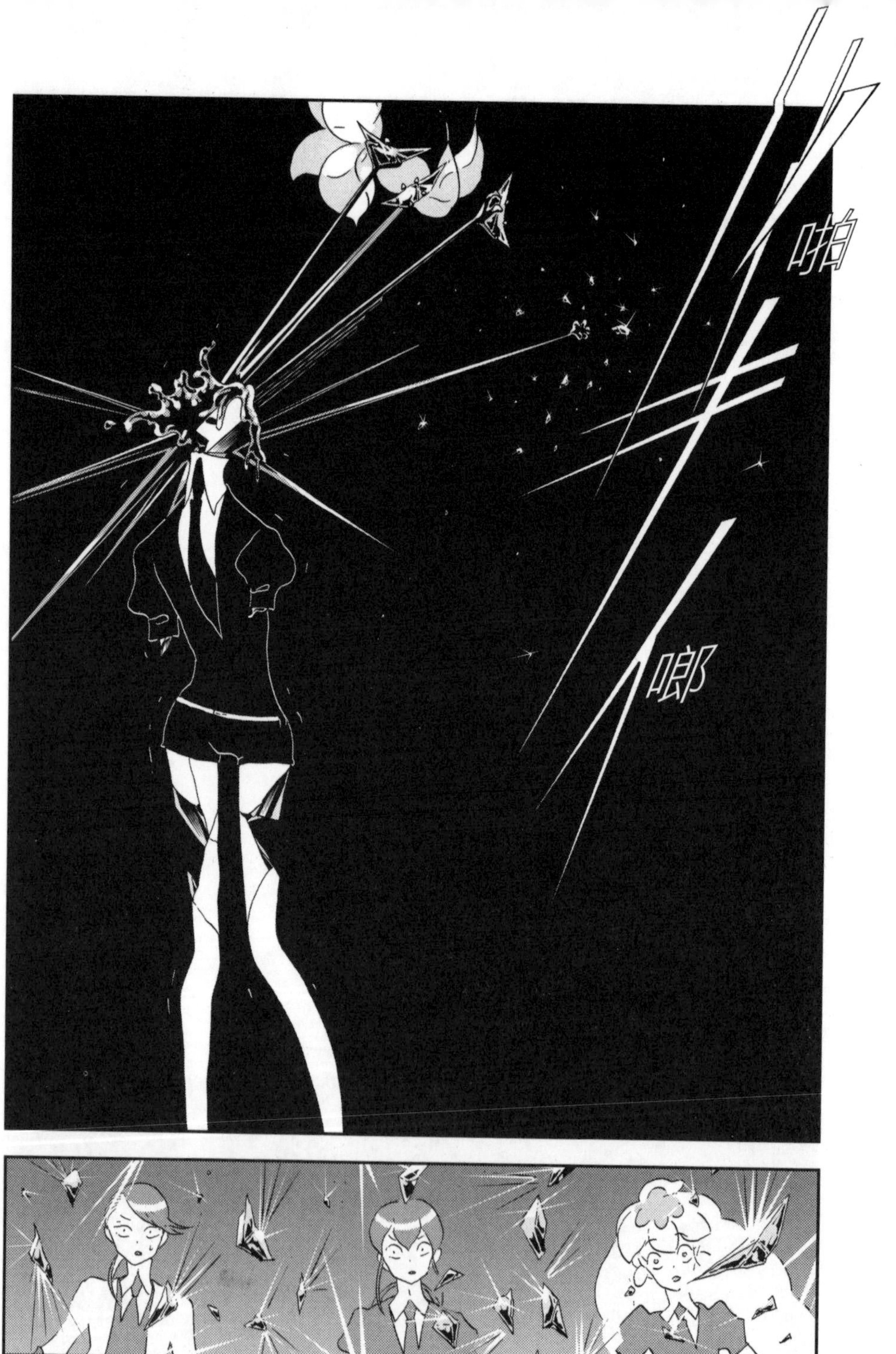

啪
啷

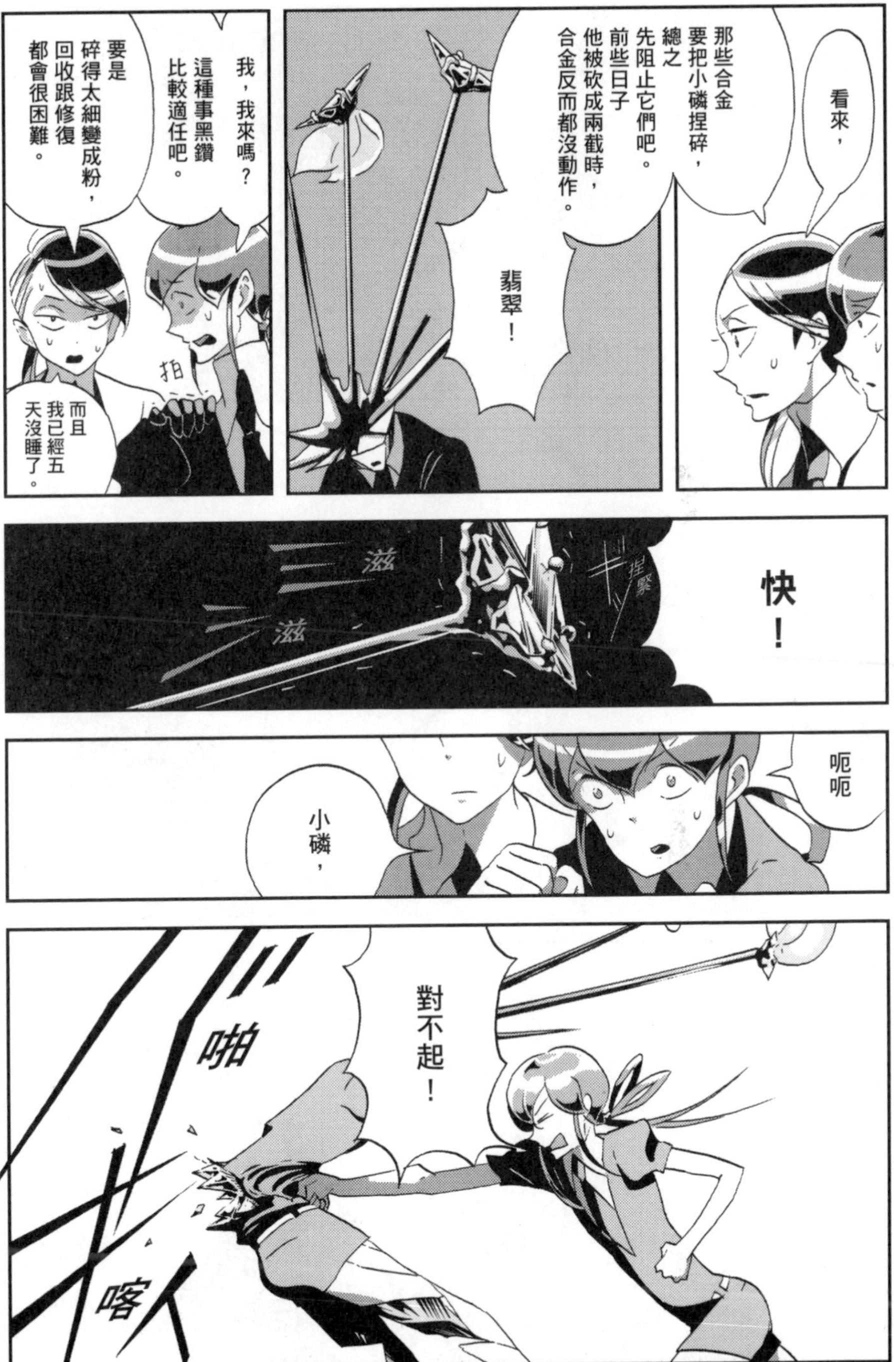

看來，
那些合金要把小磷捏碎，總之先阻止它們吧。前些日子他被砍成兩截時，合金反而都沒動作。
翡翠！
我，我來嗎？這種事黑鑽比較適任吧。
要是碎得太細變成粉，回收跟修復都會很困難。
拍
而且我已經五天沒睡了。
快！
捏緊
滋
滋
呃呃
小磷，
對不起！
啪
喀

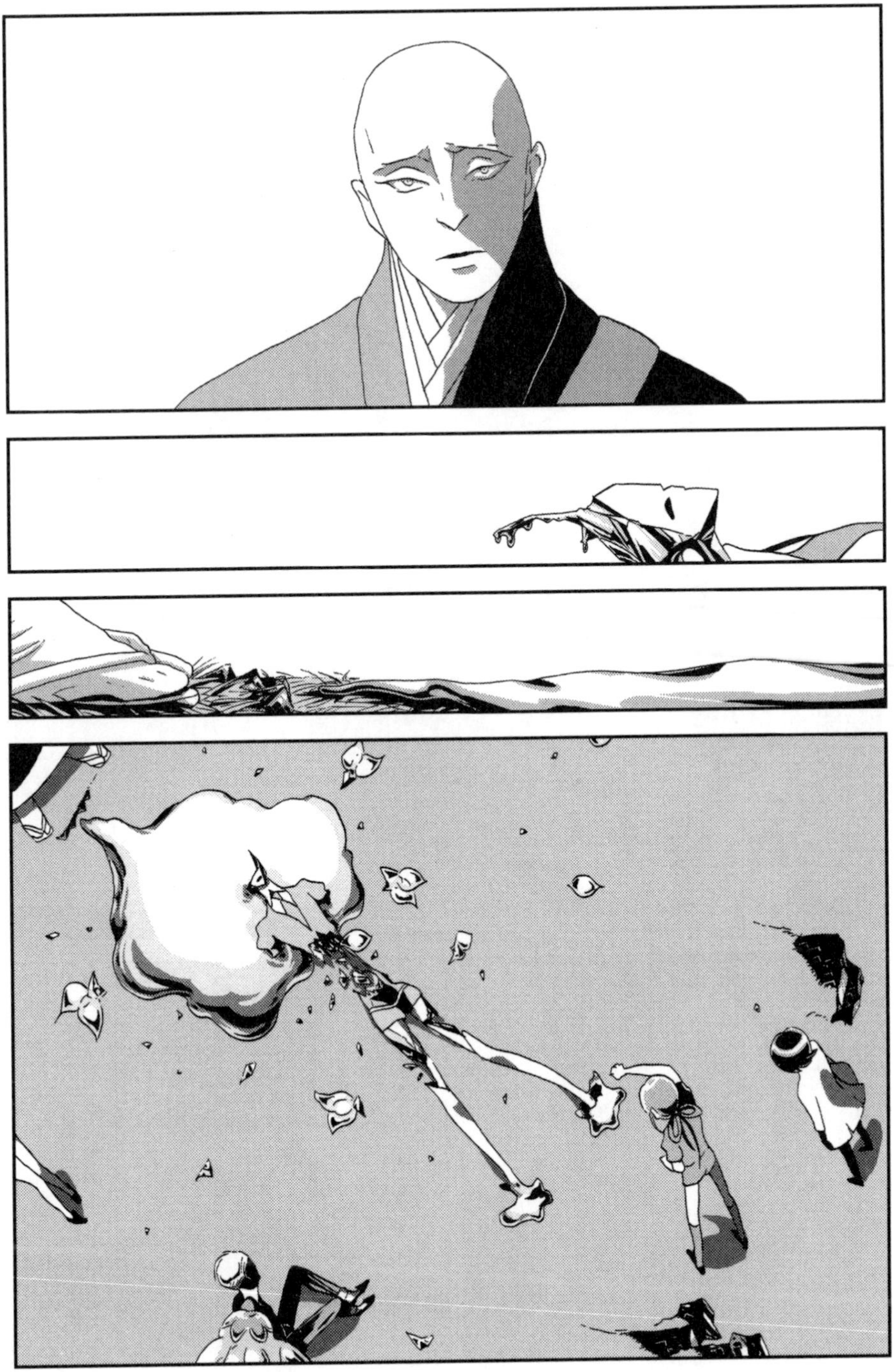

你的身體，
因為後來又補上了其他材質，總共五種類，組成很複雜，過去也沒碰過這種情形，所以修補過程盡是些謎題。
像這樣貿然被擊碎的事情，可以請你避免再發生嗎……
一醒來就被罵了。
蓮花剛玉你過去一點，我要睡你旁邊。
請不要這樣做！

翡翠因為擊碎你，受到打擊，心情還很低落。
而且說來慚愧，我其實也沒有自信每次都能把你治好。
你變強了，連帶也會有一定的影響和必須承擔的責任，希望你每次行動都三思而後行。
就算你再怎麼失心瘋，他們兩個也回不來。

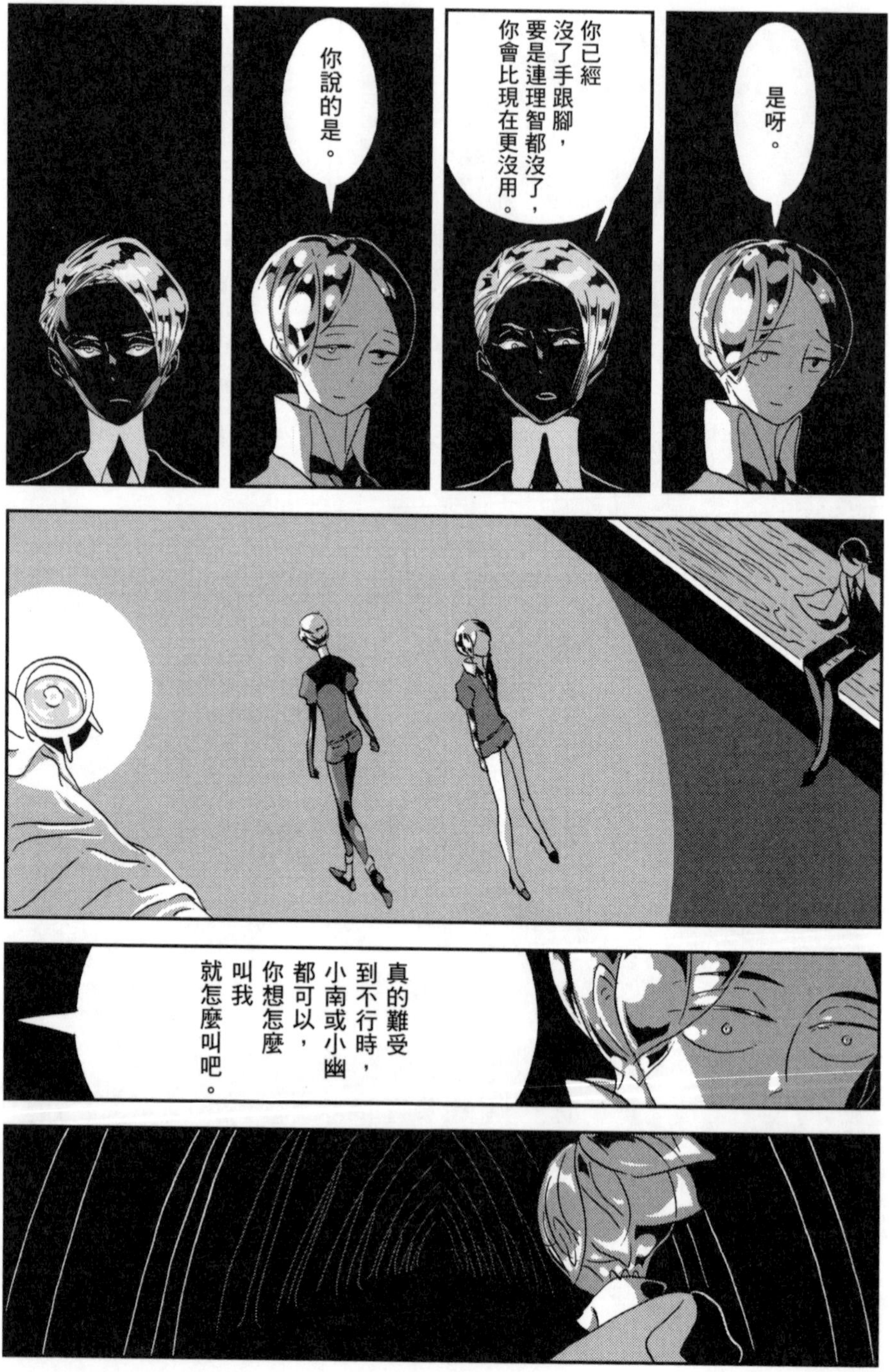
是呀。
你已經沒了手跟腳，要是連理智都沒了，你會比現在更沒用。
你說的是。
真的難受到不行時，小南或小幽都可以，你想怎麼叫我就怎麼叫吧。

這些幻覺一定是因為我還妄想見到他們才出現的。
都是我太天真，還想要依賴他們。
既然已經知道緣由，我不會再這樣了。
我可以睜一隻眼閉一隻眼。
你也覺得很難受，卻還原諒我。
畢竟你也失去了小幽和小青兩個人。
是不會難受，

只是我已經
厭倦祈禱了。
喀
喀
喀

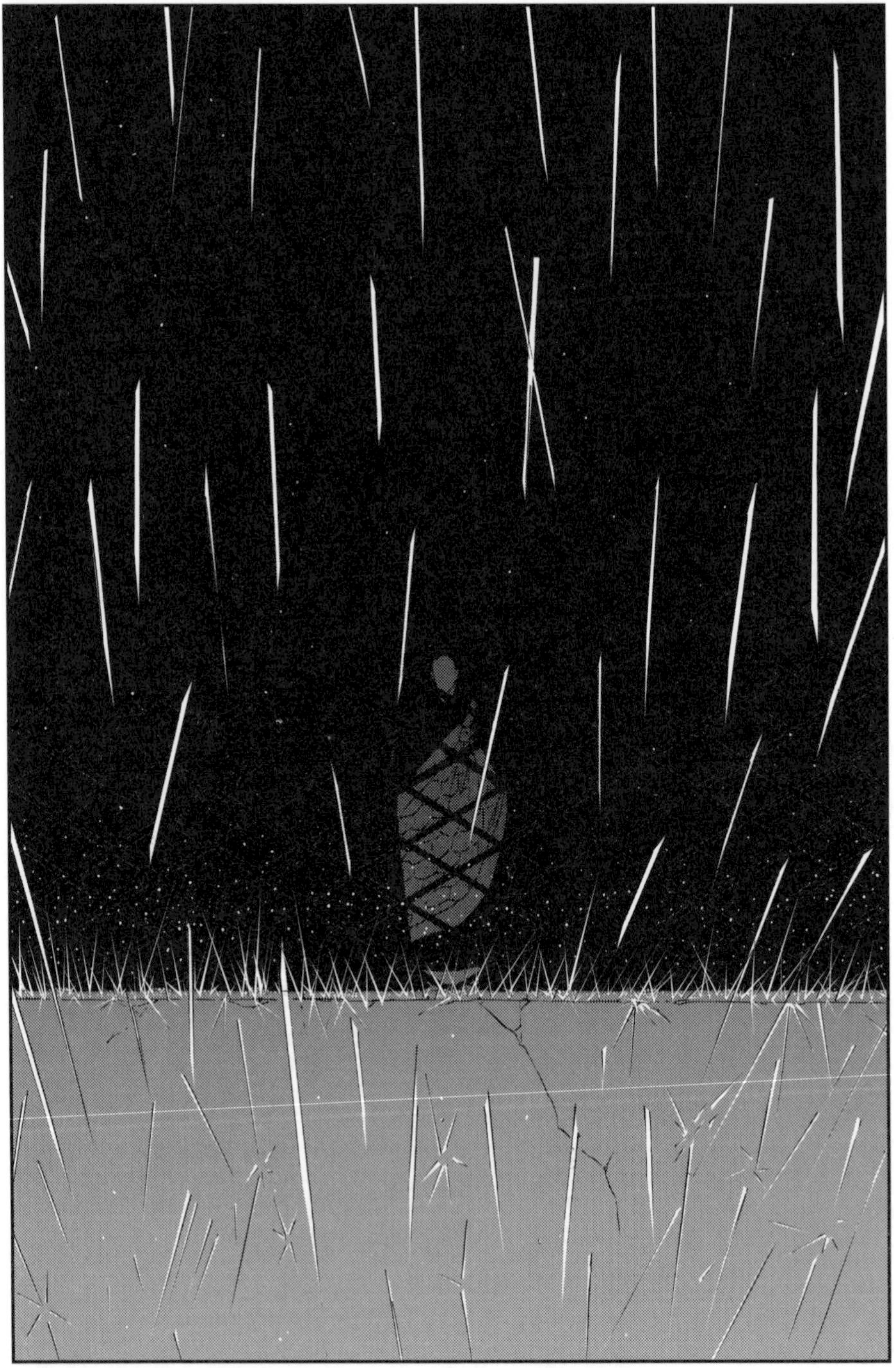

〔第三十九話　自我警惕〕　終

第四十話 名字

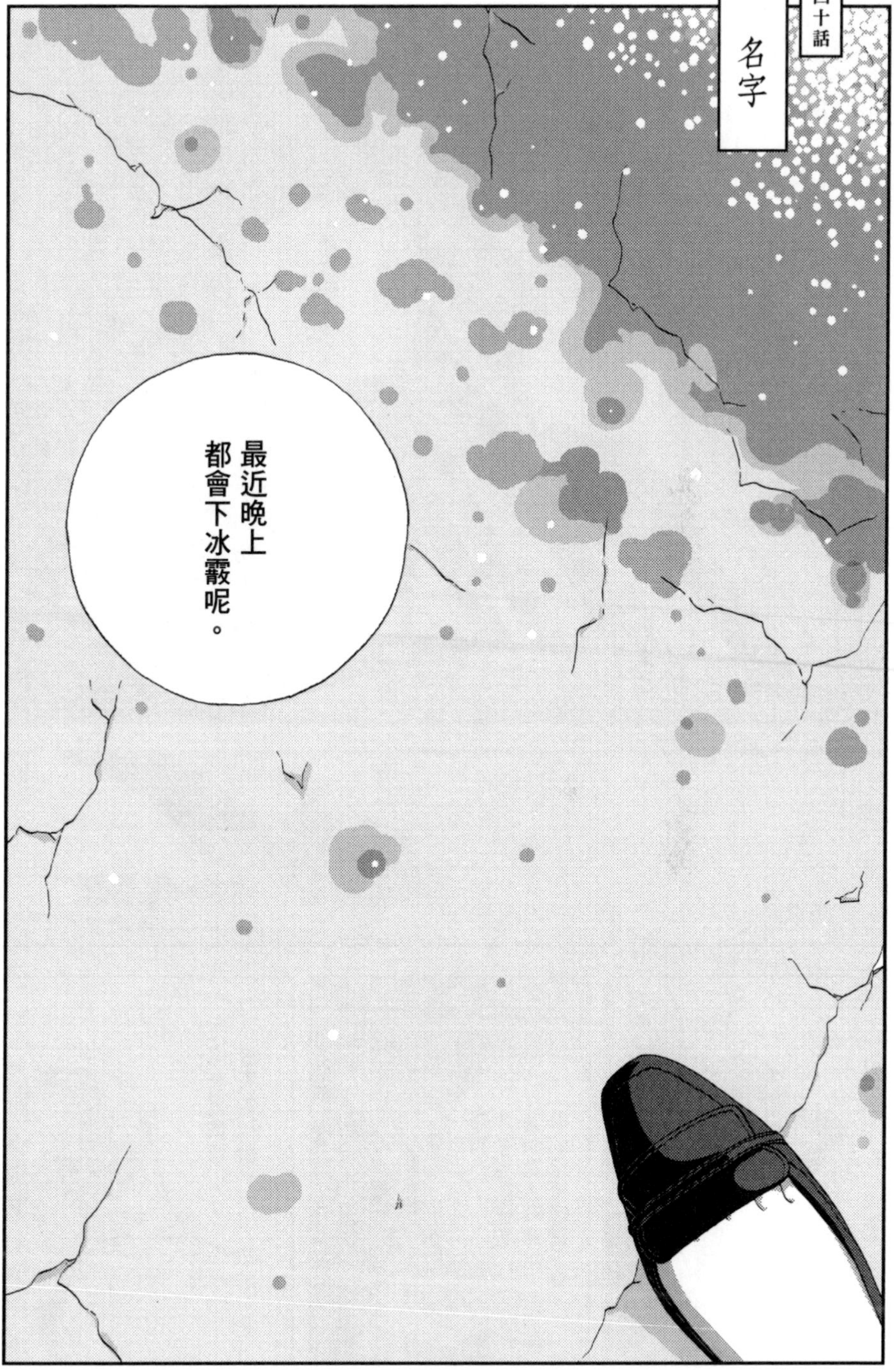

冬天快來了。
嗯。
啵
我在想，
今年要負責冬天的巡視。
不行，才在討論這次要所有人輪流，你別急著想攬下來。
哎呀，說的也是！
突然變那麼開朗，感覺也是怪危險的。

好～
比賽誰先跑到西邊的海濱吧！
跑
我就說了，
你那樣子是反效果啊。

小磷～
你已經沒事了～？
跑成這樣可以嗎？

嗯！
已經沒事了！
這麼開朗才擔心～！
誒？
從今以後我會更合群的！
嶄新的早晨！要跟嶄新的我當好朋友唷！
太怪了～
哇～
好喔～
跟我當好朋友！
哈哈哈。
知道了，知道了。
那就當你已經沒事啦。
他沒事了吧！小幽！
我哪知道。
光憑現在的我，

根本沒辦法弄清老師與月人之間的祕密。
不能再給大家添麻煩了。
行事得更慎重、更冷靜。

在想到既安全又完善的方法以前，
先讓所有思緒，
深深地，
沉入心底，使之溶解。

啊，
對了！那個…
怎樣？
那個…
怎樣啦？
奔
小磷跟那隻白白蓬蓬的好像喔～
呼哈 呼哈 呼哈 呼哈
啊～真懷念啊。今年也要過完了。
唰
跑
到底要幹嘛啊！
不要跑！

老師。
可以的話，
小幽回來以前，能不能為現在的他取個更適合的新名字呢？
嗯。
你自己呢？想要新名字嗎？
我
隨便
都可以。

閃爍
チカ
閃爍
!?
只是反射嗎……
動不動就起疑心，都變習慣了。

※譯注：黑水晶，原名 Cairngorm，來自開採出此種礦石的地方——蘇格蘭的凱恩戈姆山脈，煙水晶（Smoky Quartz）的一種，種類由偏黑不透光到偏褐色都有。原先 Cairngorm 特指此處產出的各種煙水晶，現在已與原本稱為黑水晶的 Morion 混用，定義已不明確。

黑水晶！
好！
大家看我這裡。
都記起來了嗎～？
一 二 三 四
黑水晶
啊！
黑鑽跟鋯石不在！
這樣還不行！
小磷好像很開心呢～
不錯 不錯
我也開心起來了！
好久沒看到這樣的小磷了。
畢竟之前一直很陰沉，不太正常呀。
對啊。

好像變回以前的小磷一樣。
雖然表面上好像在嬉鬧，看起來似乎比較穩定了。
被你罵了不少，心情才得以整理好吧。
強壯的身體裡總算安置了強壯的內心。
調教得真棒！
調教……
你把小磷引領到好的方向，
小幽一定也很開心。

總算，
也讓黑鑽說出你名字了……
費了點心力，由黑鑽說出來還是比較有分量……
啊？黑什麼東西？
說吧！
喔……
感覺既莊嚴又強大，真是好名字。

黑水晶。
雖然我曾說你想怎麼叫就怎麼叫，
可是有了新名字，就感覺小幽好像完全不在了。

那還是別叫了。
管理長期休養所的這段期間，
有件事我跟小幽一直裝作沒發現。
不。
那就是，月人不小心留下的寶石碎片，
數量從來不夠讓任何一個人重生。
感覺既莊嚴又強大，真是好名字。

得一個人負責那裡一陣子了。
要殺時間乾脆來做點不一樣的事吧。
我想想。
例如，

〔第四十話　名字〕　終

第四十一話 景象

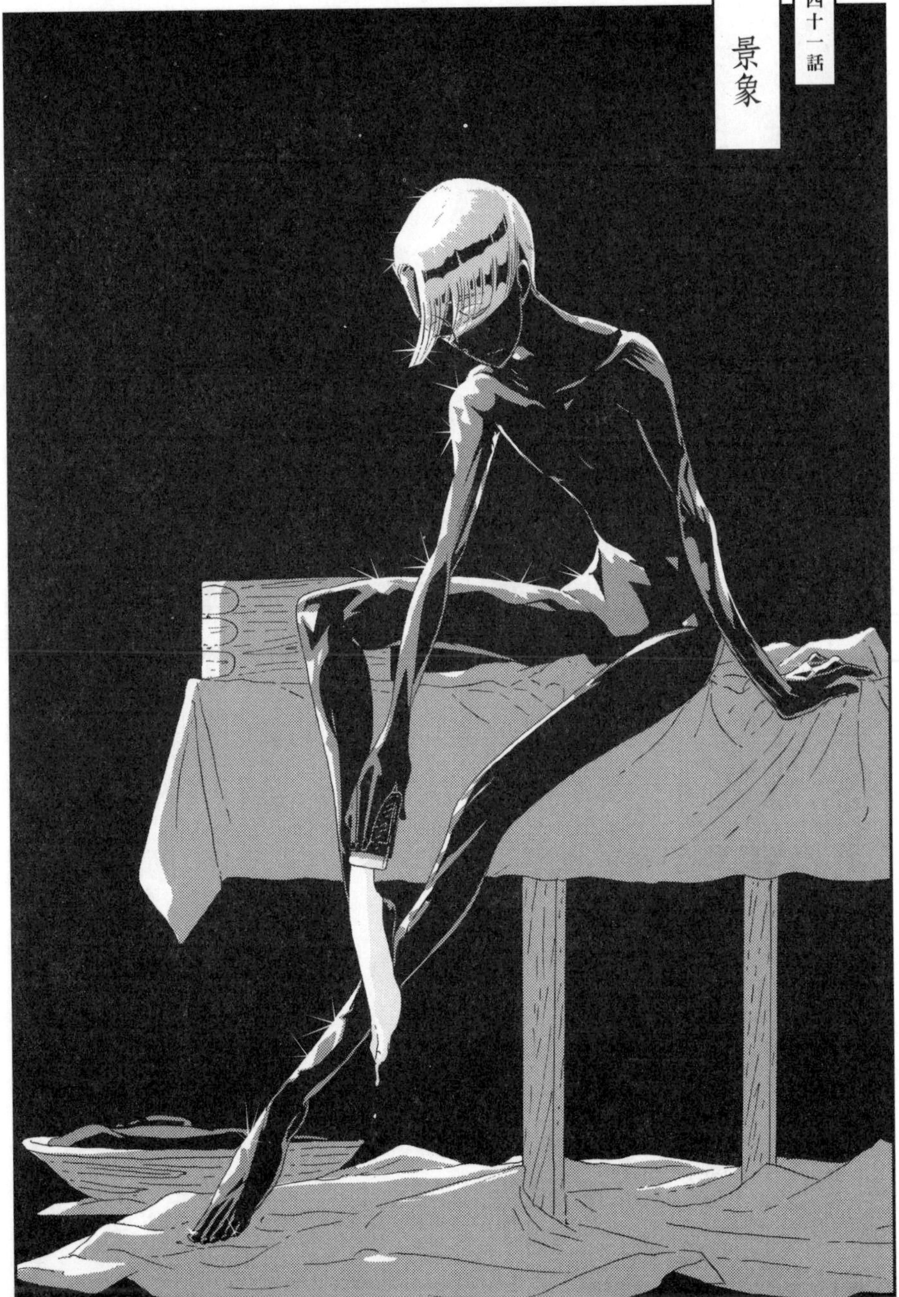

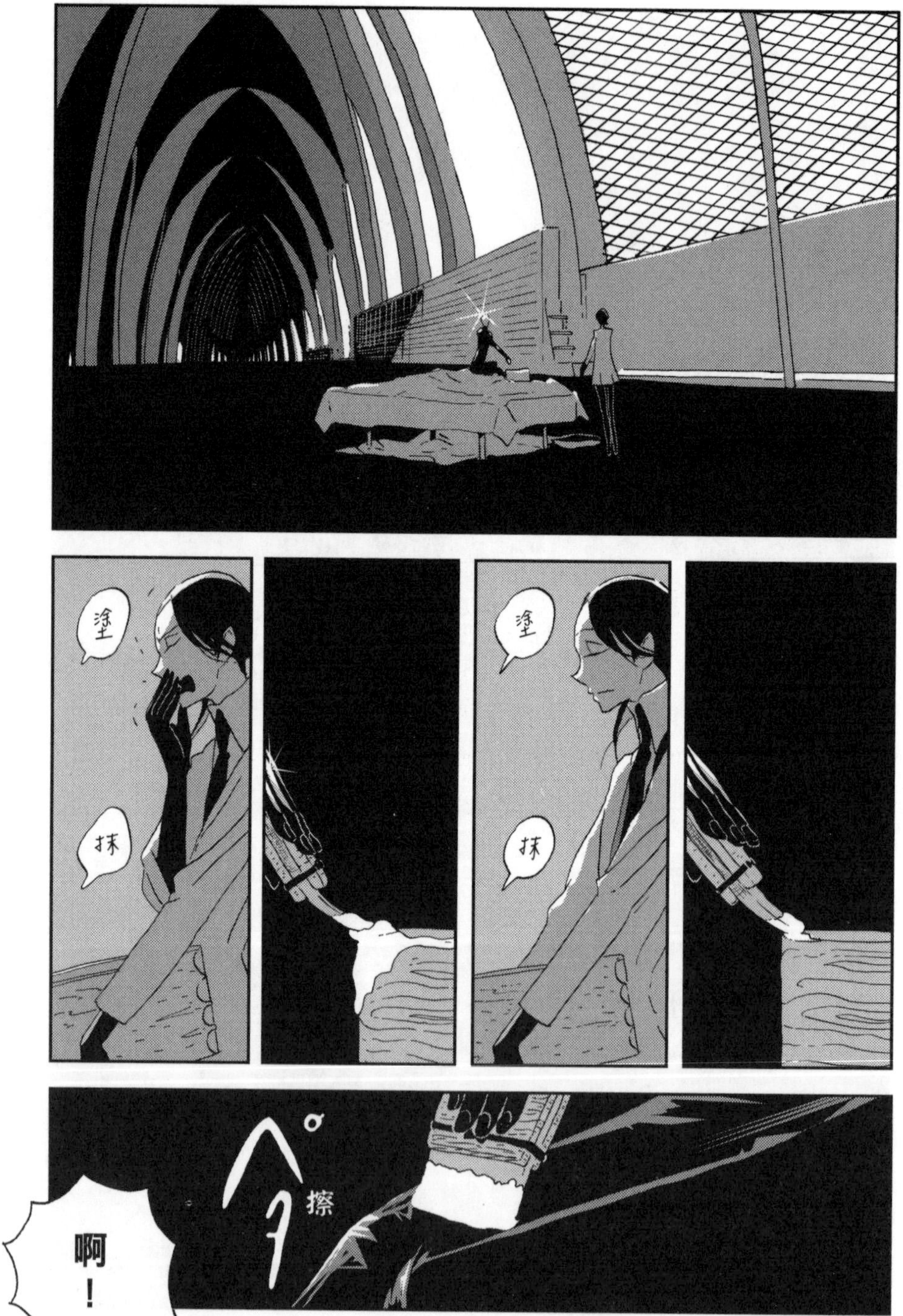
塗
抹
塗
抹
擦
啊！

左手先不要塗，會…
沙
沙
咚
哎呀。
抱歉，抱歉。
這陣子實在太睏，想睡得要命，連注意力也渙散了。
公告～
本期冬眠決定要第三次延期～
呼啊。

目前看來要變成穩定的冬季氣候還需要點時間……
這樣啊……
目前看來單純就冬天變短來說，小磷跟黑水晶的負擔少了點也不錯……
目前看來應該在那之後才會下雪……
我這邊可是已經積了一堆啊。
真的耶~
南極…黑水晶。

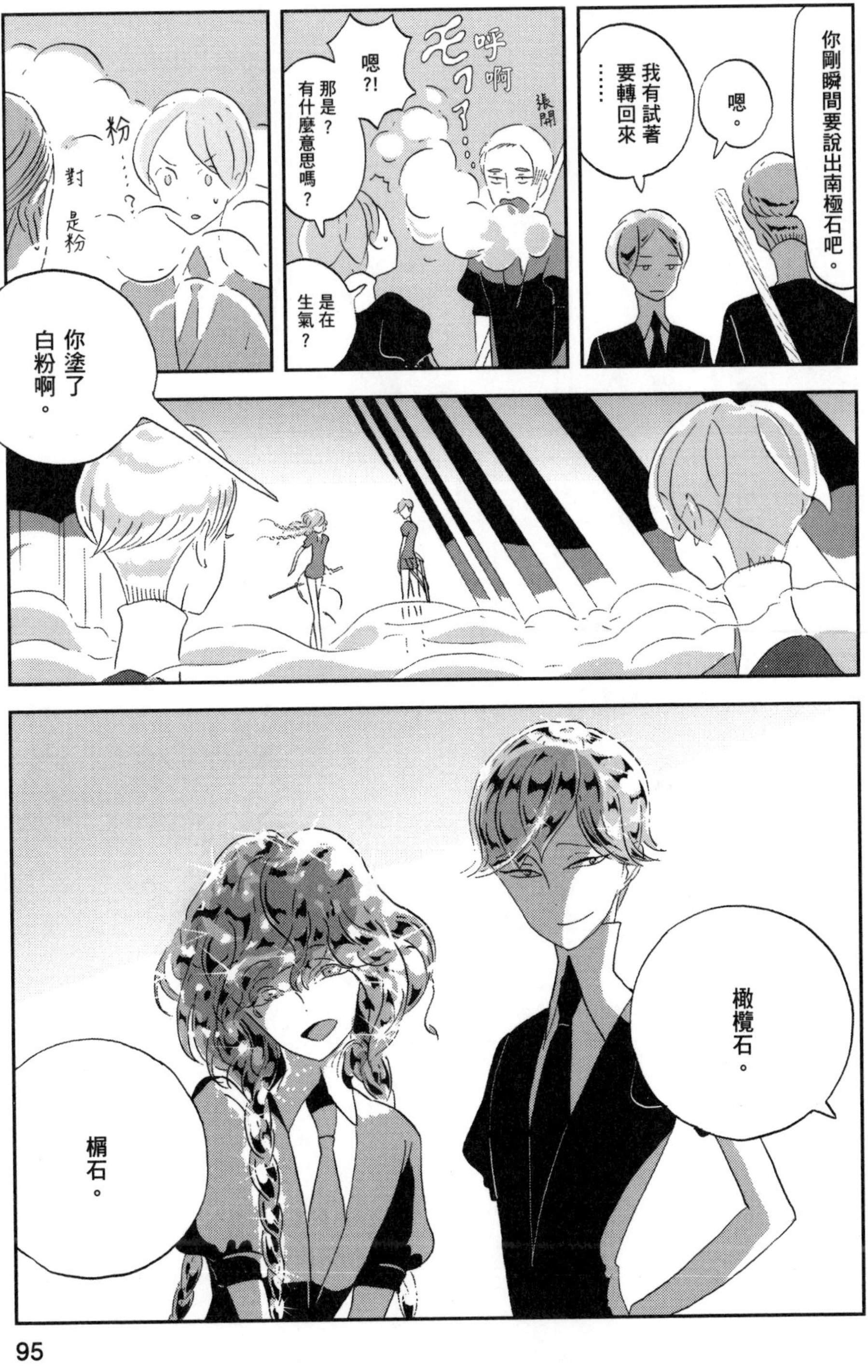
你剛瞬間要說出南極石吧。
嗯。
我有試著要轉回來……
張開
呼啊
嗯?!
那是?有什麼意思嗎?
是在生氣?
粉……?
對 是粉
你塗了白粉啊。
橄欖石。
榍石。

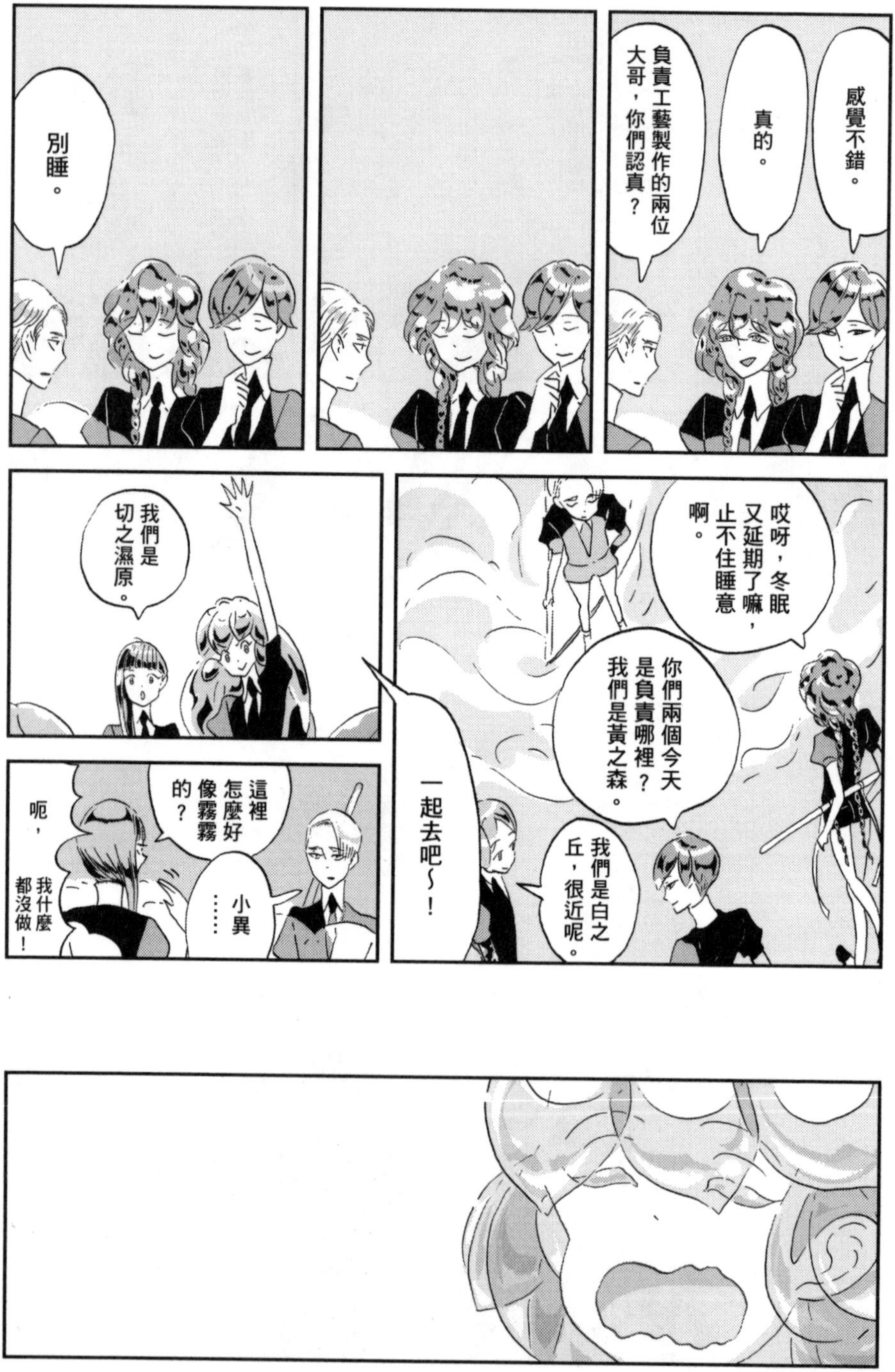
感覺不錯。
真的。
負責工藝製作的兩位大哥，你們認真？
別睡。
哎呀，冬眠又延期了嘛，止不住睡意啊。
你們兩個今天是負責哪裡？我們是黃之森。
我們是白之丘，很近呢。
我們是切之濕原。
一起去吧～！
這裡怎麼好像霧霧的？
小異……
呃，我什麼都沒做！

還行嗎？瓜瓜。
呼啊～好睏～
前一次到現在都還沒下雪，好像已經是一千年前了，你們四個都還沒出生呢。
當時冬眠也延了很久，最後實在沒辦法，就讓年輕的寶石先睡，今年搞不好也會這樣吶。
LUCKY
那我就可以第一個睡了。
喂，你不是要負責冬巡嗎？
啊對吼。
小磷你失眠怎樣了？
治好了嗎？
我已經從病態又可愛的樣子回到還算健康又可愛哩。
現在自然而然有點可愛地想睡呦。
可愛♡
這樣啊。
哥哥，請你們對那傢伙更嚴厲點。
他開始得意忘形後，想再拉他回來就很難了。
年紀比較小的大家都很可愛呀，黑水晶也很可愛唷。
溫柔（沉睡中）
溫柔（隨便）
溫柔（溫柔）
阿宅（阿宅）
就是你們年長的寶石都人太好……只有這傢伙不可以說他可愛，請讓他變得可憐。
知道了
說我可愛倒是沒關係。

前一次冬眠延期時，你們已經是搭擋了嗎？
我當時是跟藍色黝簾石。
我是跟黃玉。
啊。
……對不起。
不會，沒關係沒關係！
別太介意。
不過，
摘
真是好久沒有叫這名字了。

藍黝跟黃玉是在冬眠延期的下一個春天，
同一場戰鬥中被抓走的。
戰鬥結束後，想當然爾，這件事在我腦中揮之不去。
可是，說也奇怪呢，
想起他們的次數，隨著時間過去漸漸減少了。
我覺得這樣漸漸忘記他們似乎很不應該，
於是去問了老師。

我這樣
是不是很無情？
當時我也為了同樣的事去問老師。
這也是我們搭擋的契機。
老師怎麼說？
老師說⋯

要為自己的情緒和經歷的事件找到出口，本來就很不容易。
如果這一切完全平復，有所了結，那就可稱為奇跡了。
但是奇跡並非憑藉己力就能使之發生，而是某天會突然造訪你。
希望你們別因內心糾結而錯過奇跡。
無論是悲傷或遺忘，請自然而為之。

……
說著說著，
黃之森就到了。
多謝你們讓我們想起藍黝和黃玉啊。
你們四個都要注意安全唷。
好成熟。
好成熟。
小磷啊～你希望自己以後像誰？
哦！
好猶豫喔！……蓮花剛玉吧……
嘿嘿～你想像他那樣啊！

小異呢？
現在的話，橄欖石！希望能變得更睿智又帥氣！
可是橄欖石他啊，
晚上都會埋在剛篩好的紙裡嘿嘿嘿地笑著喔。
喔～那種對紙張的執著，我也追不上他啦。
折斷
小磷。
我聽說，之前那隻蓬軟的月人出現時，黑點是兩層，對吧？
不知為何，
我不太想往下聽了。
那你就直接看吧。

小磷。
指揮吧。
啊!?
拜託你囉。
畢竟你有經驗嘛。
啊
嗯…
那就，
小異先去叫老師!
是!
瓜瓜去把黑鑽找過來!他今天應該有在這一帶巡邏。
好的~

出現的位置相當低呢。
跟之前一樣嗎？
嗯…
我…
也不太確定……

那是？

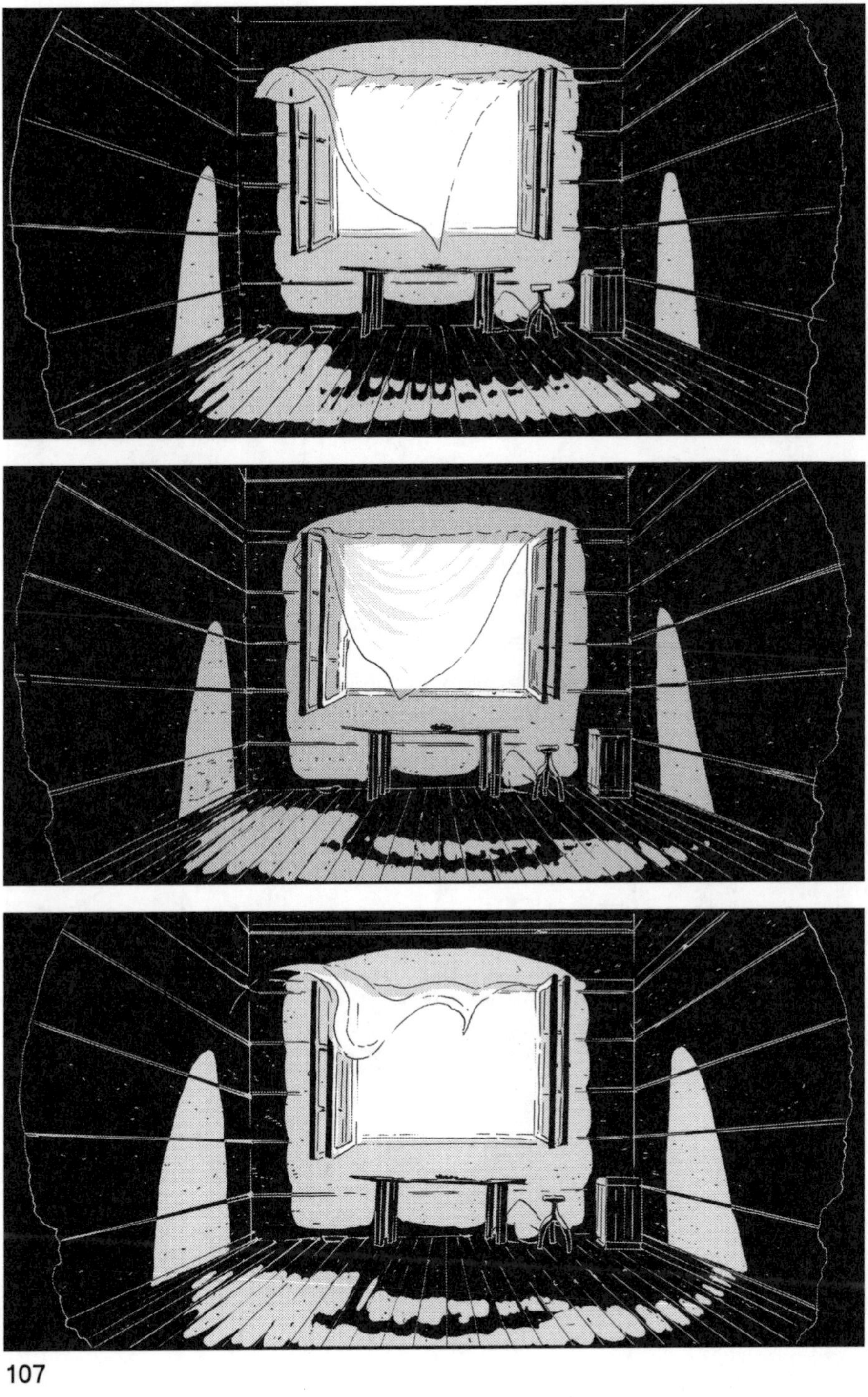

那是什麼？怎麼回事？
不知道……
太奇妙了，
這景象從來沒看過……
所以，一樣嗎？
沒半個地方一樣！
啊。

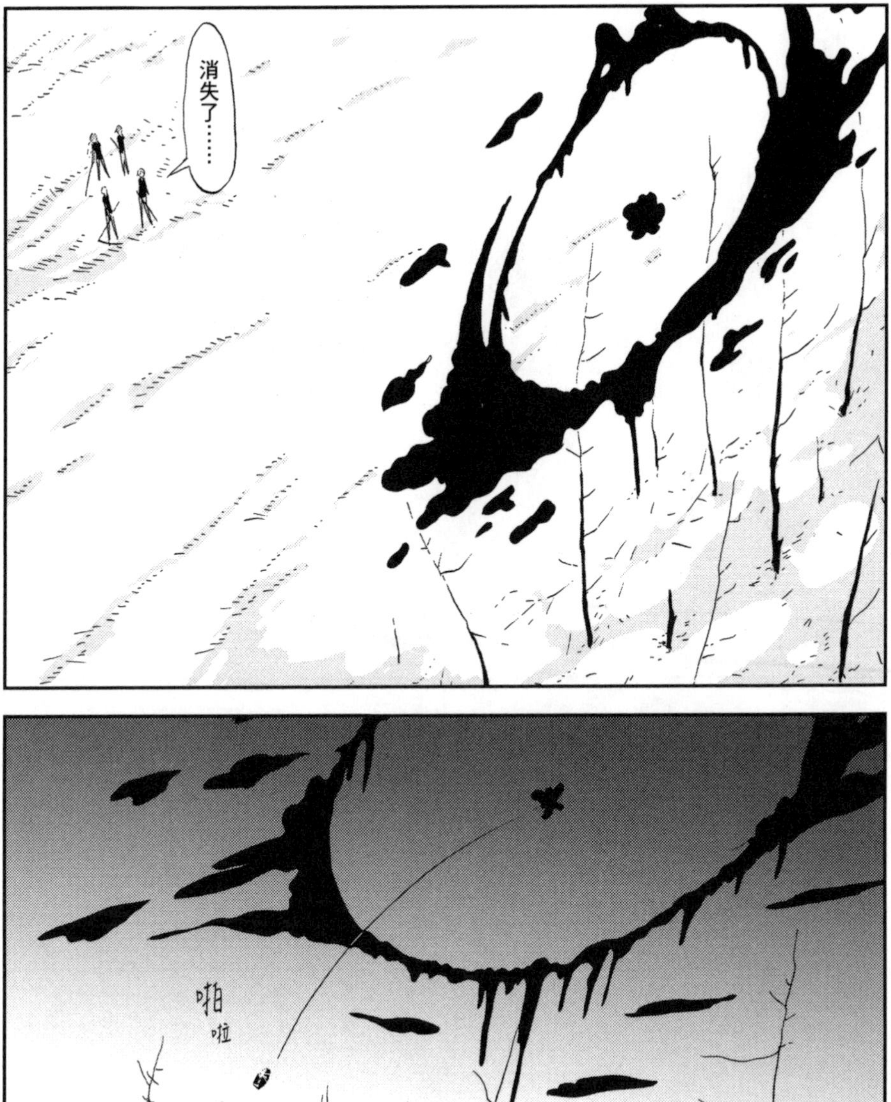
消失了……
啪啦
沙

……黃玉？
劈哩
榍石！

炸
爆

拿起

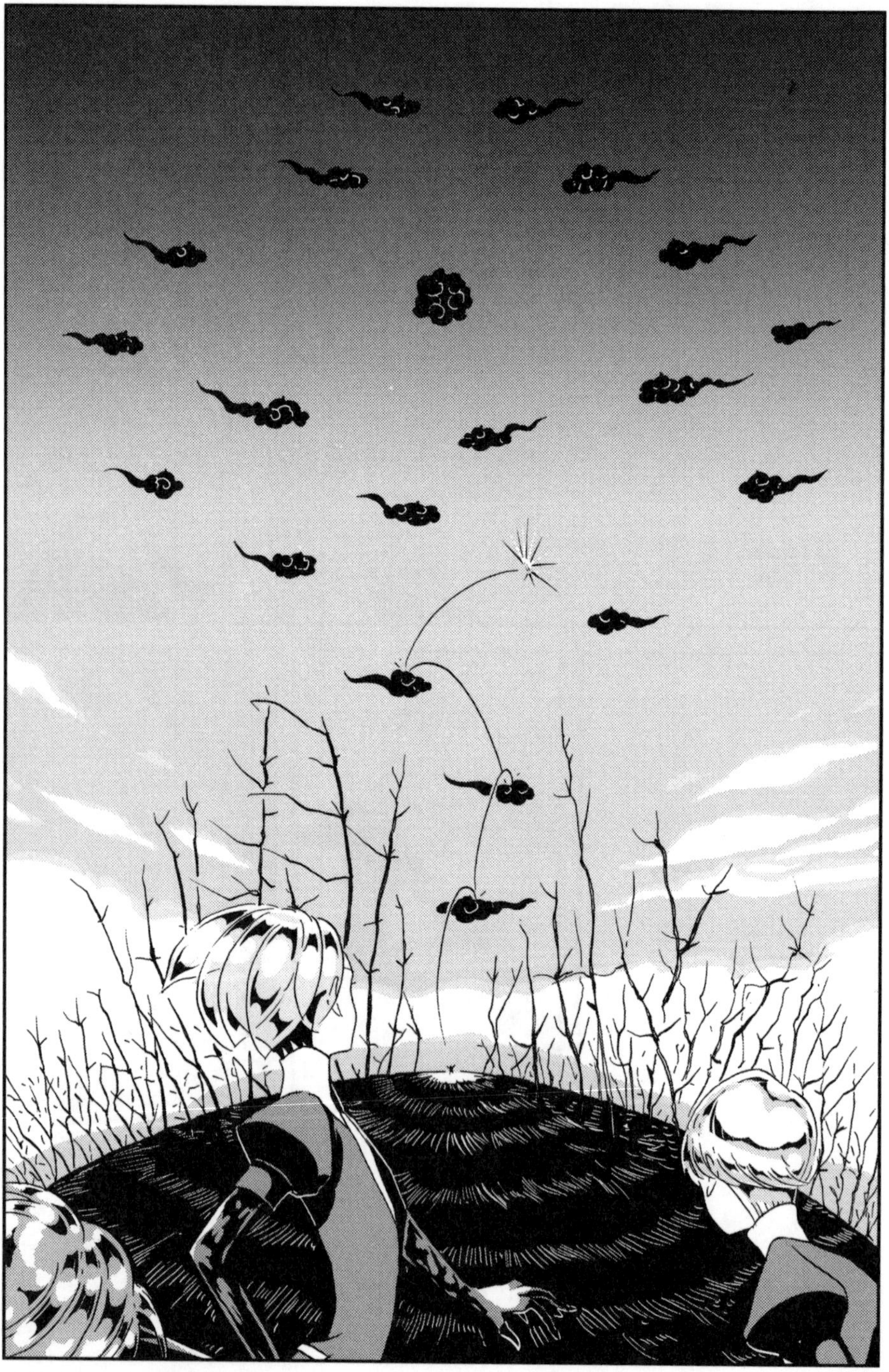

〔第四十一話　景象〕　終

第四十二話
破裂

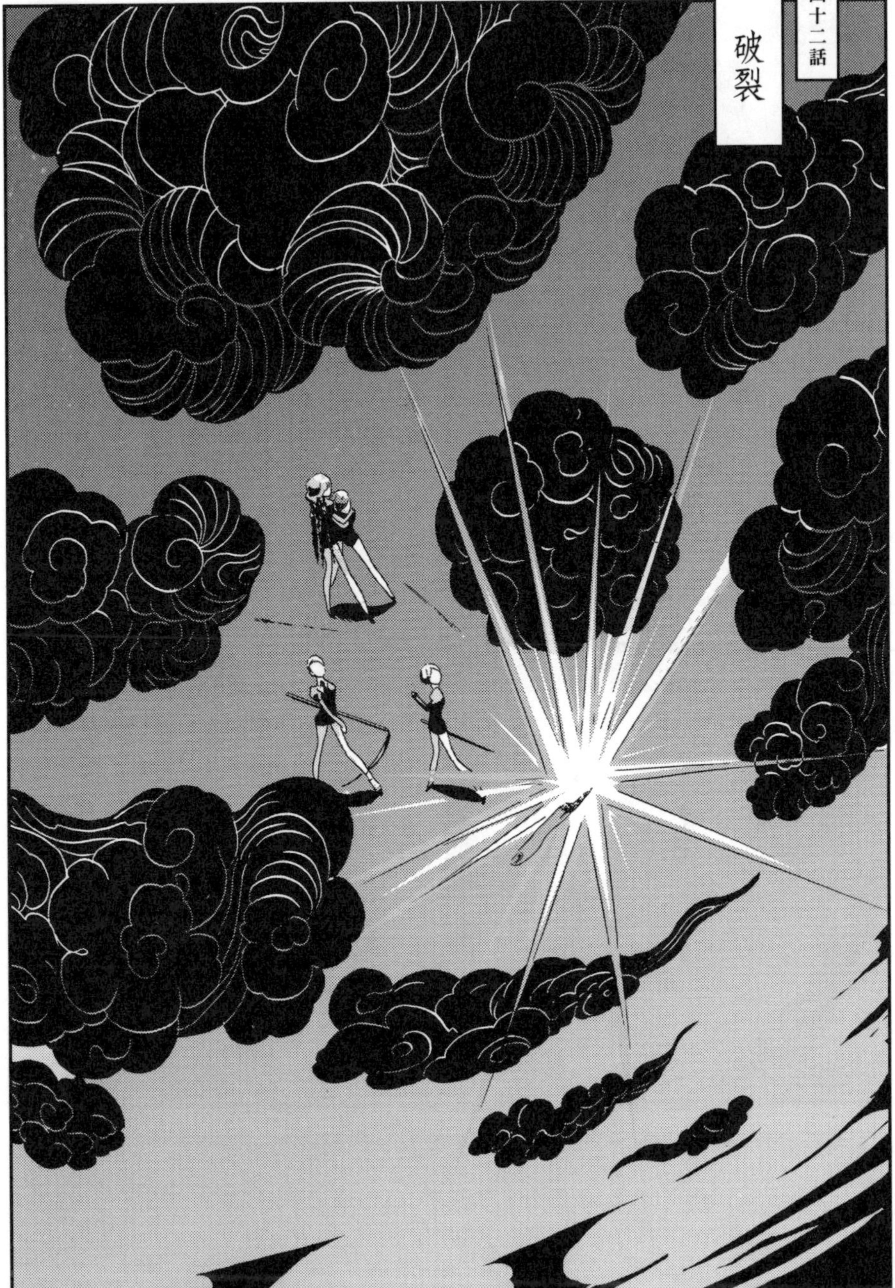

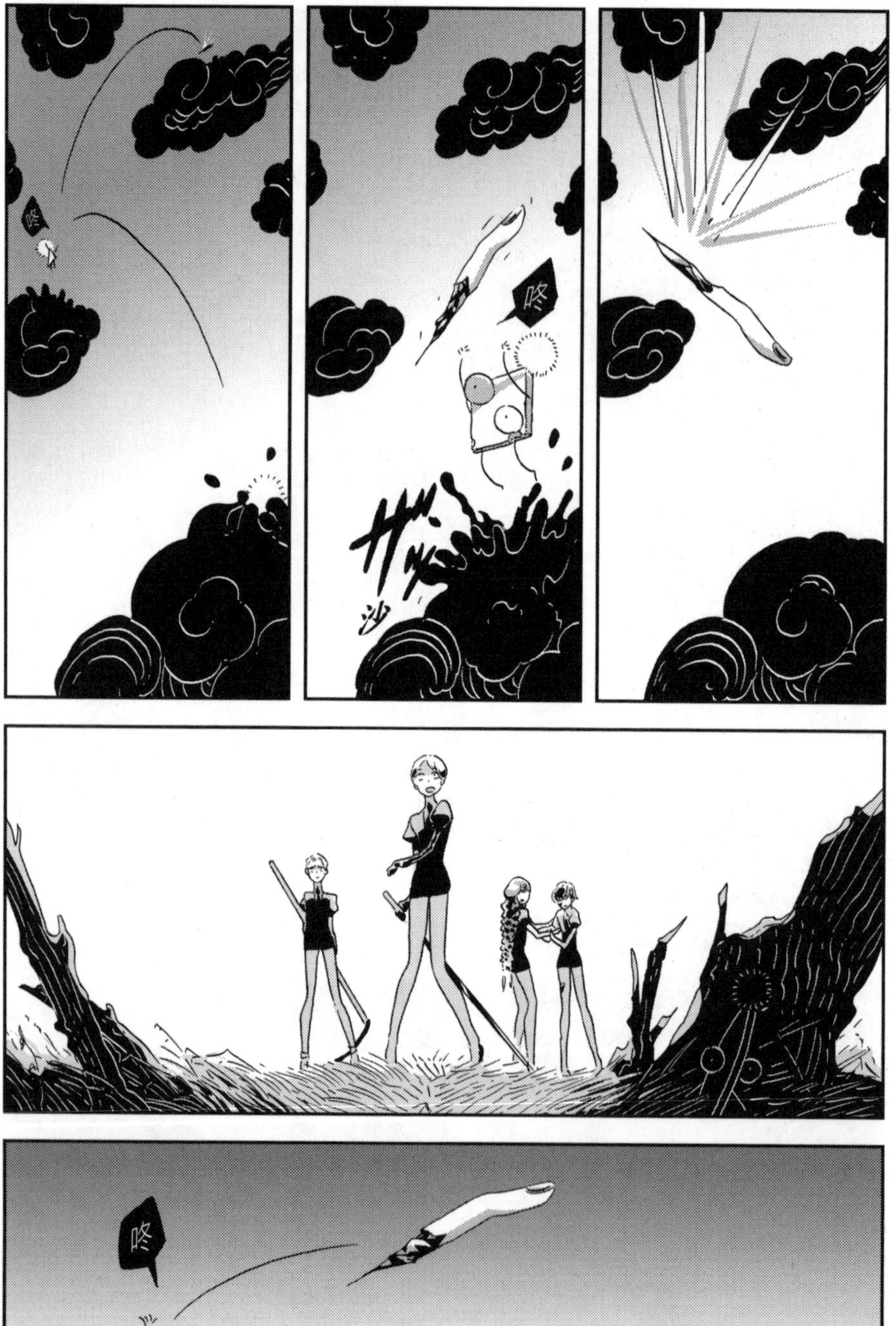
咚
咚
沙
咚

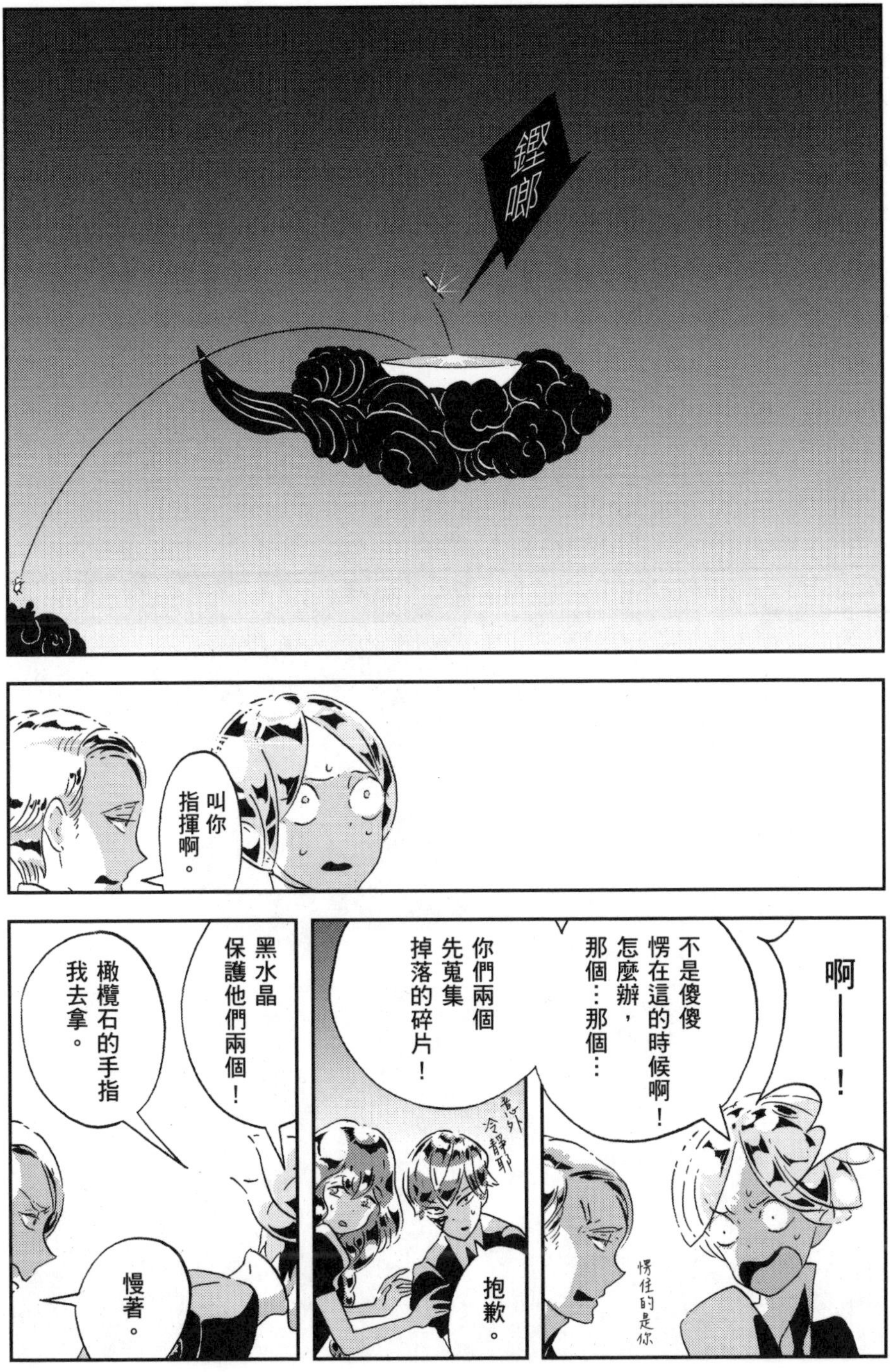

鏗啷
叫你指揮啊。
啊——！
不是傻傻愣在這的時候啊！怎麼辦，那個…那個…
愣住的是你
你們兩個先蒐集掉落的碎片！
意外冷靜耶
抱歉。
黑水晶保護他們兩個！
橄欖石的手指我去拿。
慢著。

傾斜ッ
ザッ 沙
ザ 沙
可惡。

啪哩
磅哩
磅哩
磅
磅
磅
小磷!?

你們破壞不了合金的膜的……！

鏗
你的勇氣
原來那麼輕率。
對不起…
鏗
磅

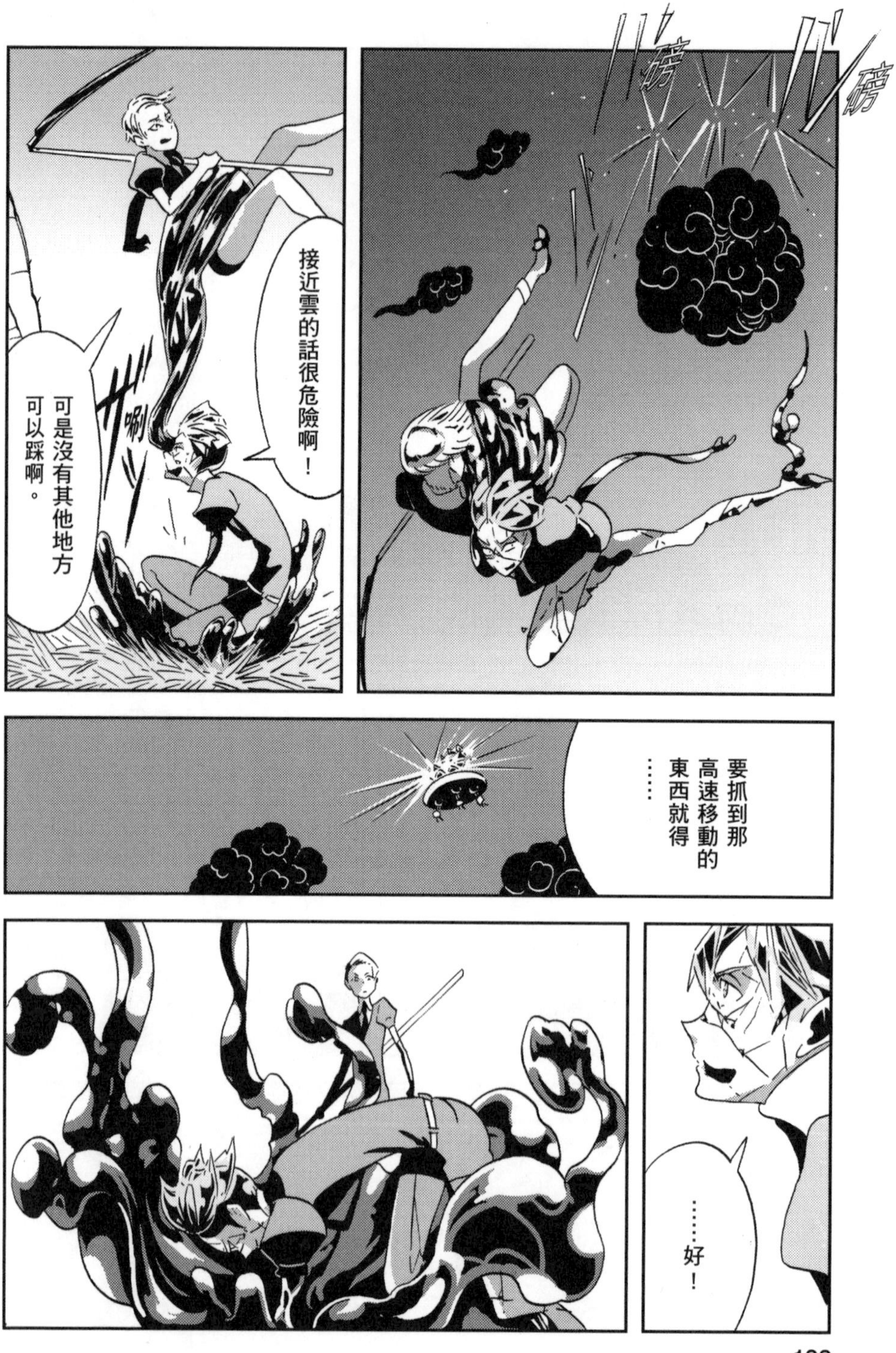
磅
磅
接近雲的話很危險啊！
唰
可是沒有其他地方可以踩啊。
要抓到那高速移動的東西就得……
……好！

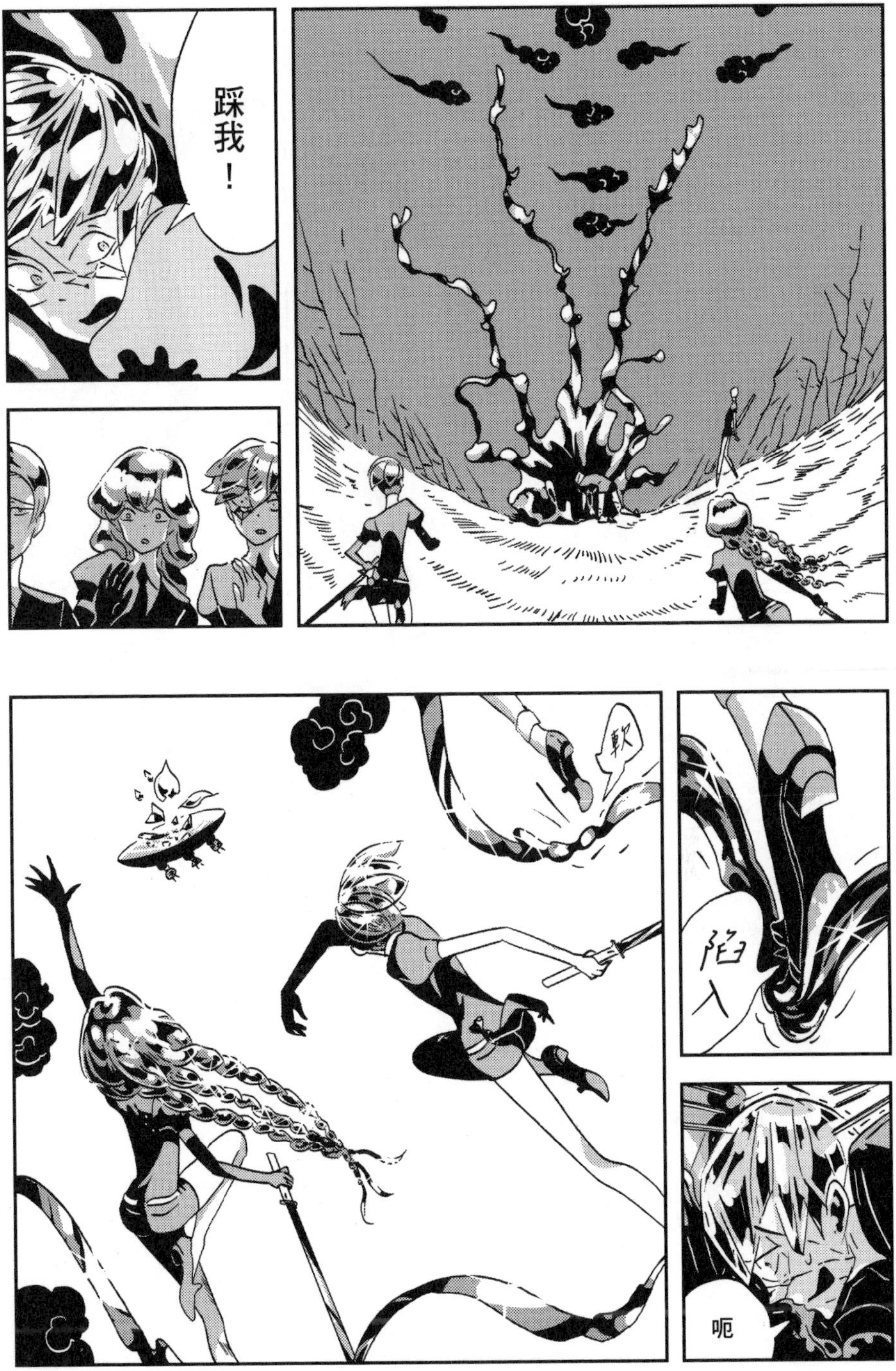
踩我！
陷入
呃
軟

嘿
喝
哦
請問你們能快點嗎？
三個人好重啊！
對不起，小磷！
他們太快了，我們沒辦法……

藍黝。
混帳。
喀
嗚哇！

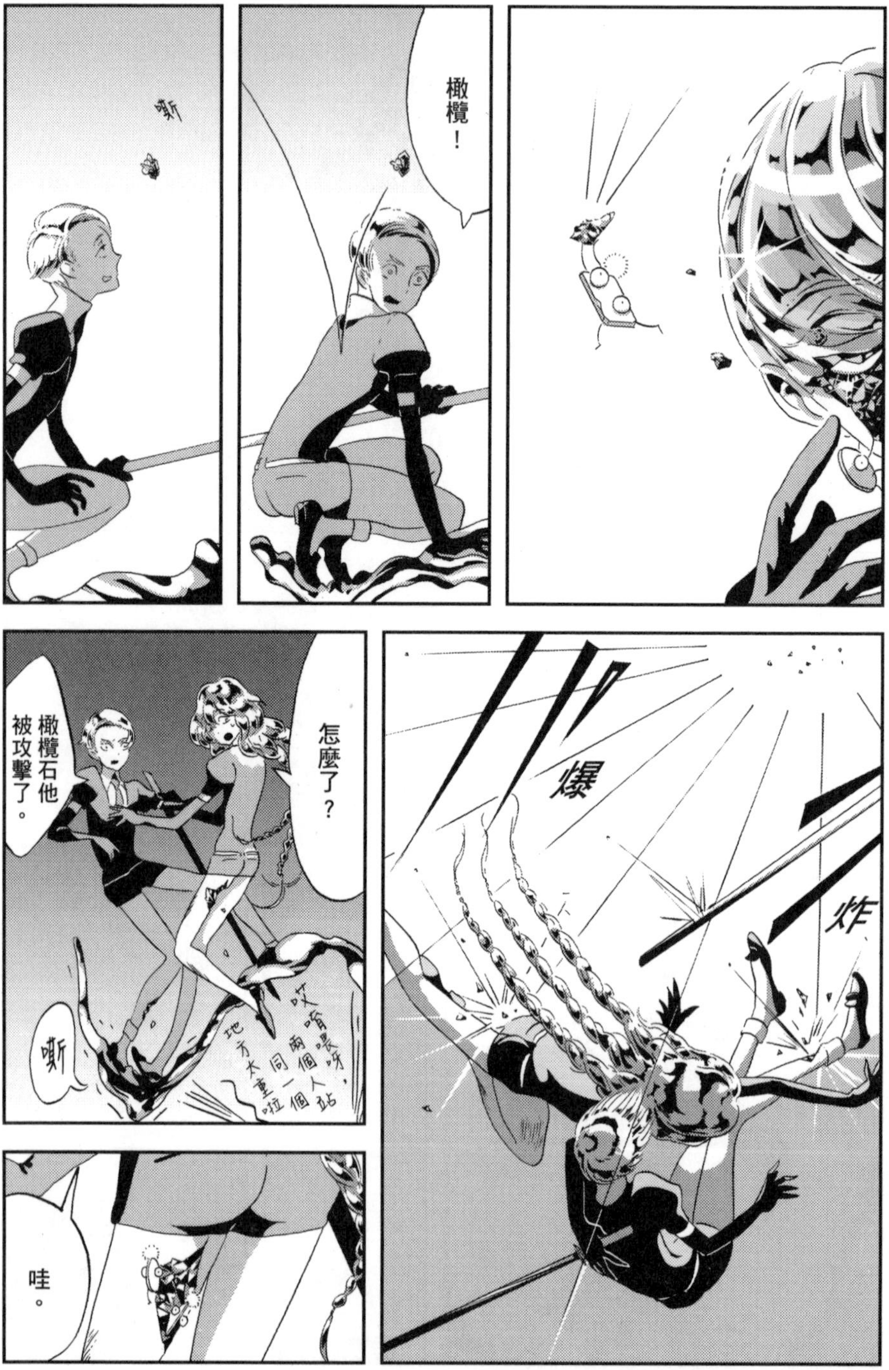
橄欖！
嘶
爆
炸
怎麼了？
橄欖石他被攻擊了。
哎唷喂呀，兩個人站同一個地方太重啦
嘶
哇。

喂！
等等，不舒服
騙人的吧～！
他們打算硬是從斷口拔走嗎。
天啊。
你們好了沒啦！
小磷！
這樣行不通，先撤退吧。
有一大堆聚集在你身上啦！

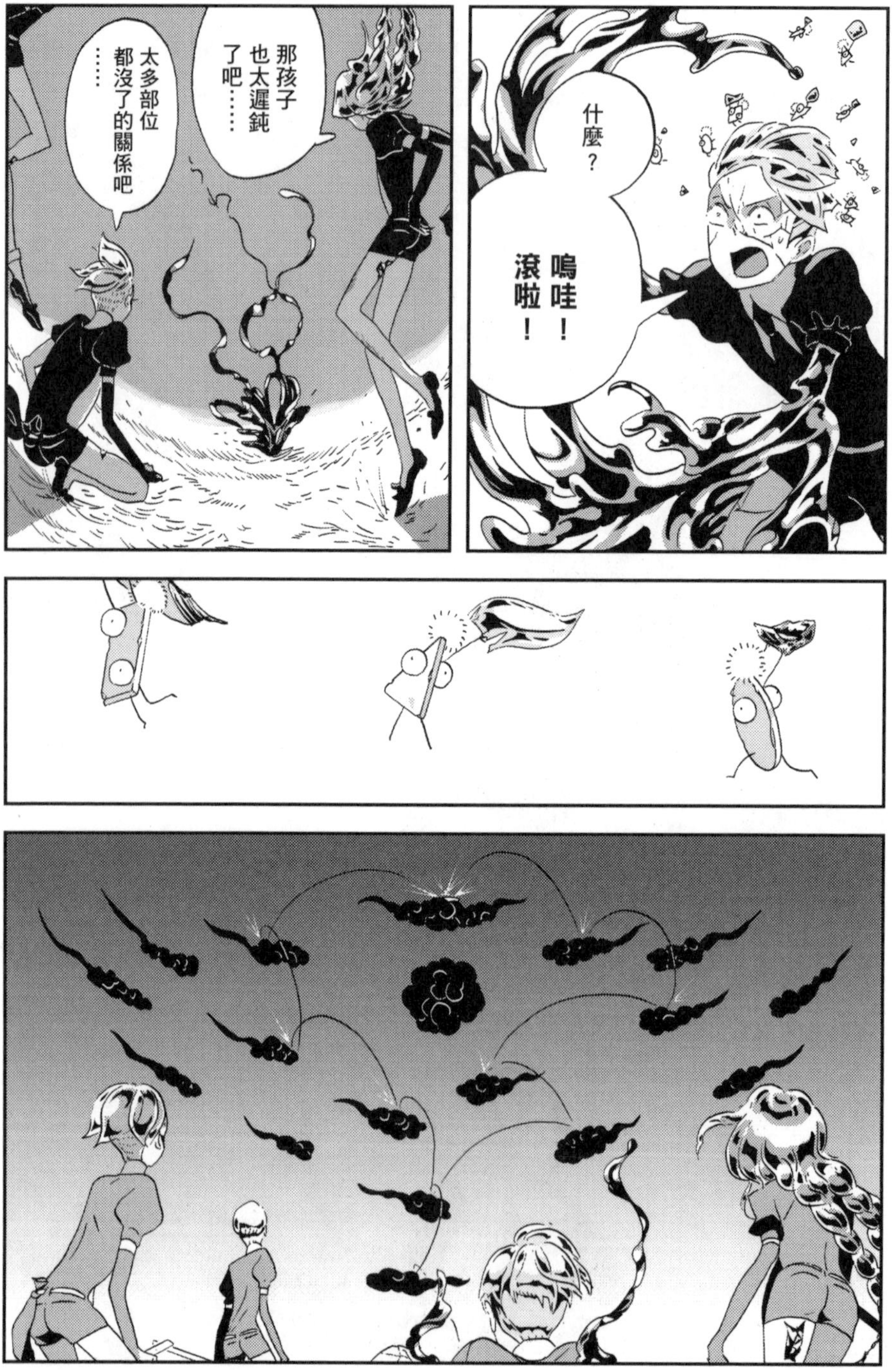
什麼？
嗚哇！滾啦！
那孩子也太遲鈍了吧……
太多部位都沒了的關係吧……

小磷，怎麼辦？
我要蒐集大家意見！
啊～我的頭髮居然被當漂亮的裝飾，氣死我了～
現階段看來是沒有要還我們的意思。
不靠近的話，他們就不會動，還是我們就別刺激他們，等老師來？
就這麼辦！
スッ
嘶

完了。

咚
緊握
咚
喝啊！
裂
老師～！醒來啊～！
咚
小異，換手！
咚
失禮了。
鏗
老師可是從來沒被我們叫醒過呀。
鏗
鏗
老師～雙層黑點啦～快醒來～
嗯——
哼嗯
哼嗯
咚

相當大的月人呢。
跟小南當時碰到的月人很類似。
如果是同一型，他們會高速上升。
說著說著雲就開始鬧起來了～～～！
追吧！
以前沒碰過的類型，這樣貿然深入太危險了。
可是他們會帶走大家的碎片啊！
……也是。
你已經失去太多部分了，再這樣下去……
只對付月人的話就老樣子啦！
小磷！
大家掩護我！

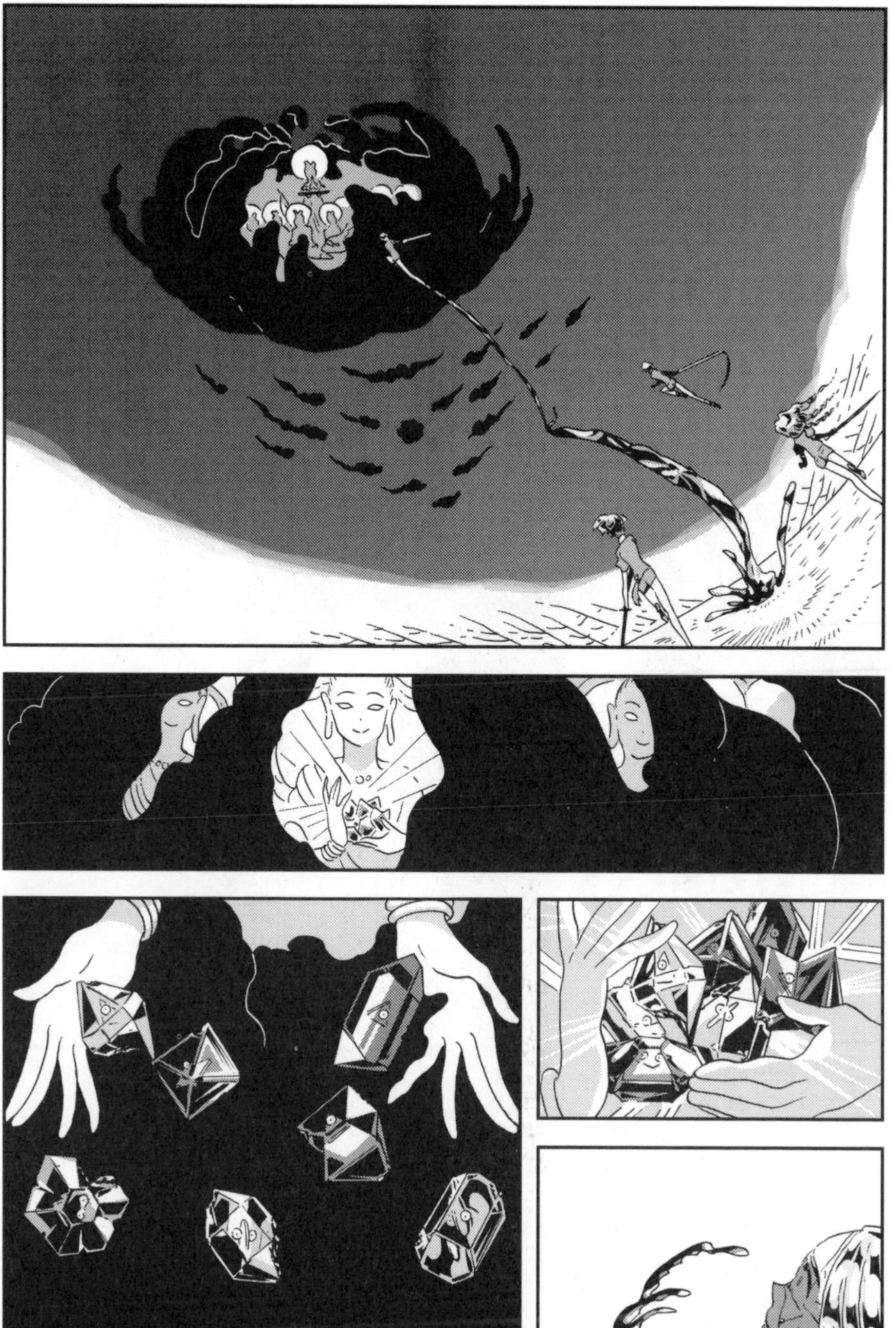

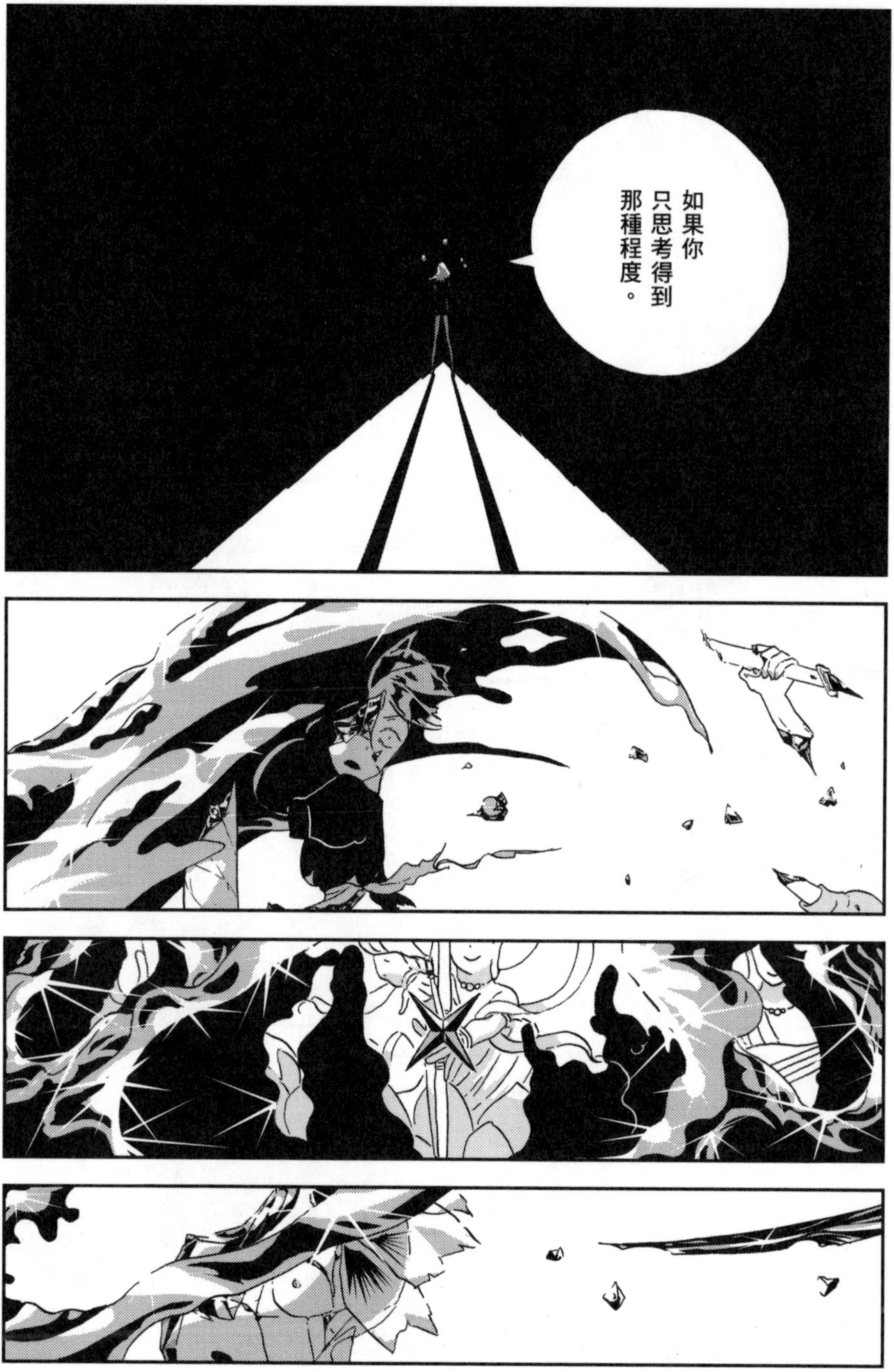
如果你只思考得到那種程度。

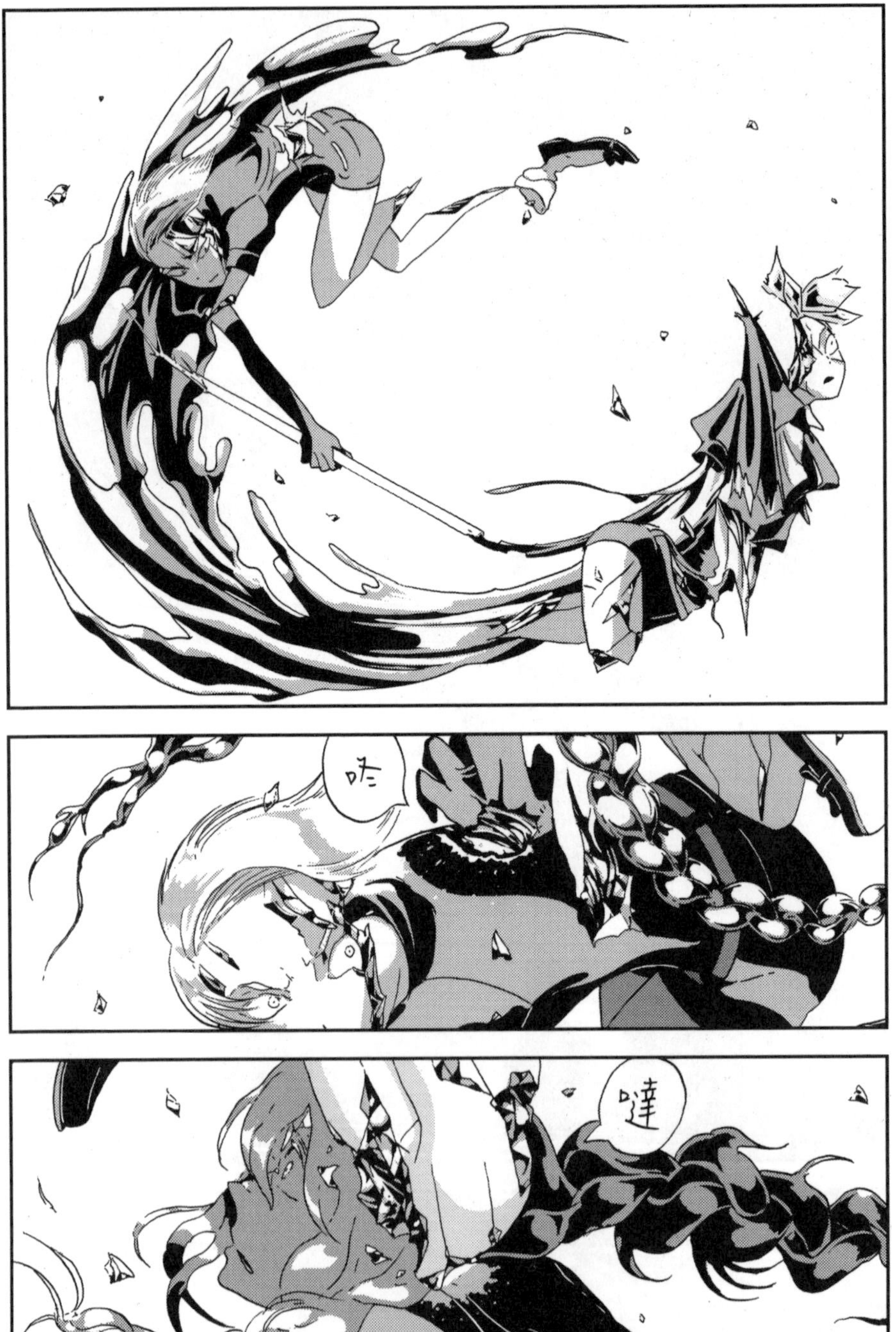
咚
噠

只思考得到那種程度？
跟程度無關，
而是我的思考通通都是錯的。
只知道眼前的事、健忘、腦袋不好，最後只會害大家都被…

帶去月亮。

〔第四十二話　破裂〕　終

第四十三話 棋盤之上

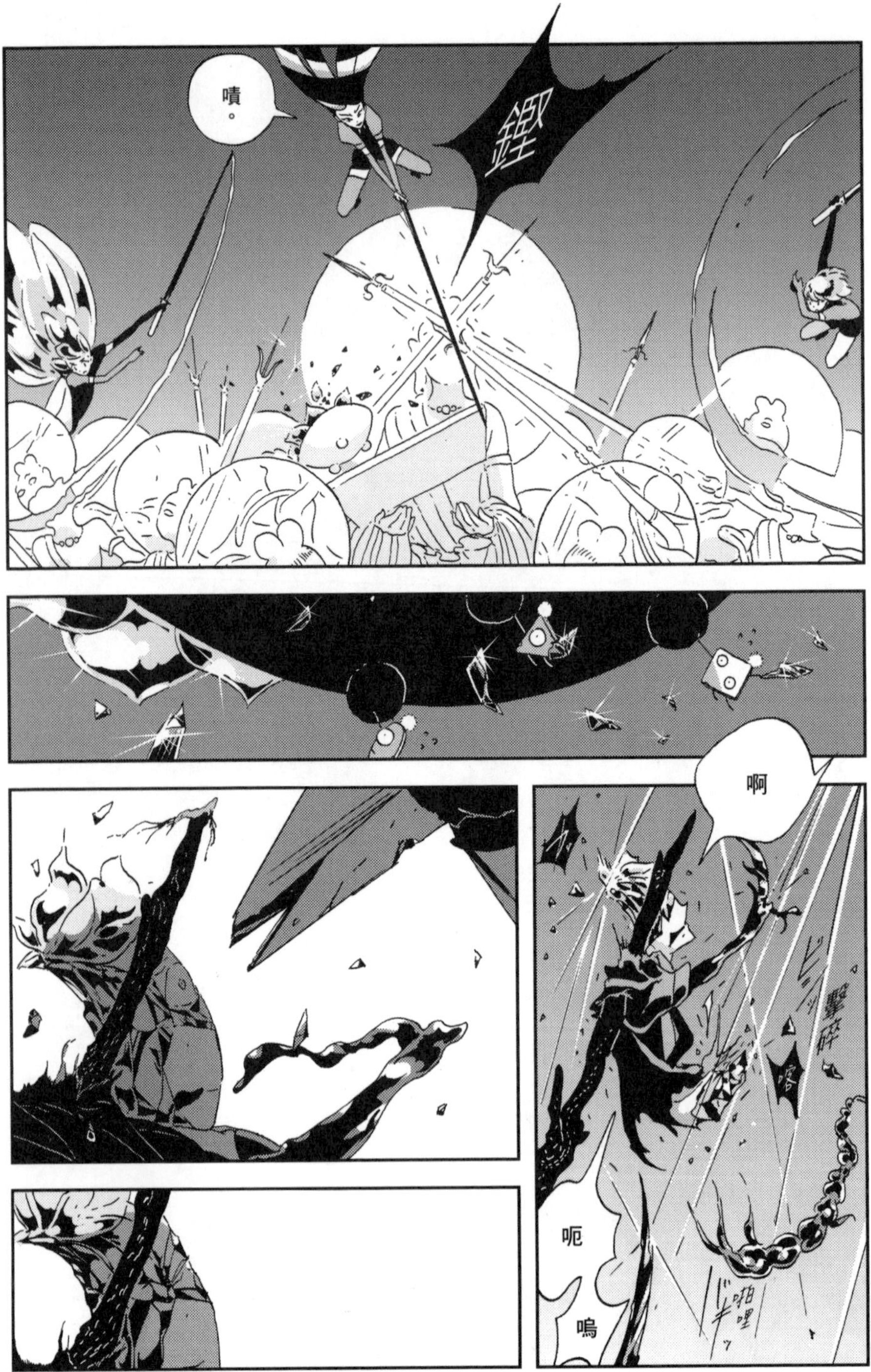

嘖。
鏗
啊
擊碎
喀
呃
嗚
啪哩

沒事吧，
看起來很有事。
鋯石……
啪哩
啪哩
嗯～
我生氣了！
啪滋
啪滋

啪
噗
嚓
啪
噗
嚓

斬
擊
嗚哇
真不愧是黑鑽～立刻搞定～
咦？
這朵黑雲沒有霧散耶，為什麼啊？
不過大家的碎片都沒掉也太LUCKY了～
咦？

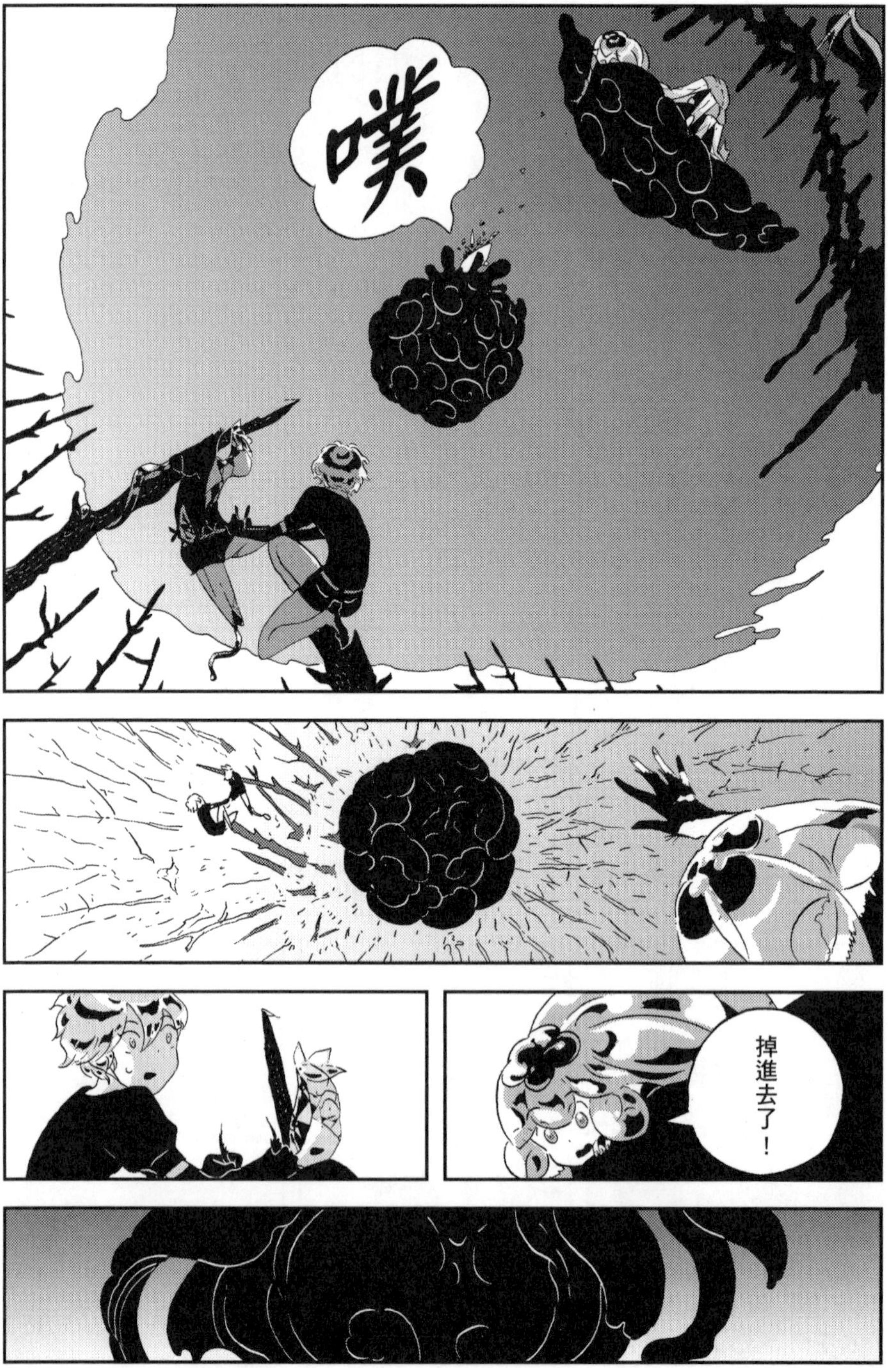
噗
掉進去了！

哇咧，不妙啊～
好像不太妙～要逃走了嗎～
我進去裡面拿出來！把我丟進去！
什麼？
我腰連在一起了，還算能動。
要這麼做嗎？
看來只能這麼做！
唔～
來吧！
摩擦
扭
準備，丟吧！

噗咻
很好。
嗚啊
要被擠出去了！
嗚
嗯？

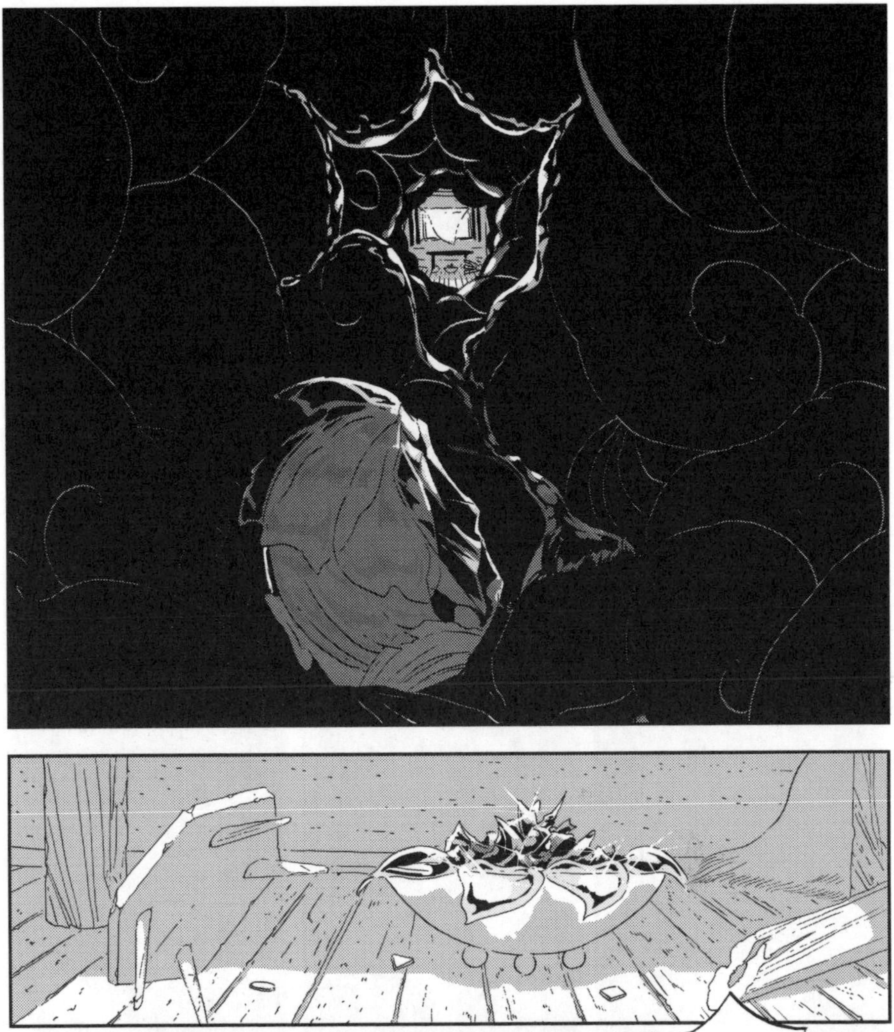
看到了！
那
在

身體沒辦法繼續前進。
碰得到嗎？
咚
！

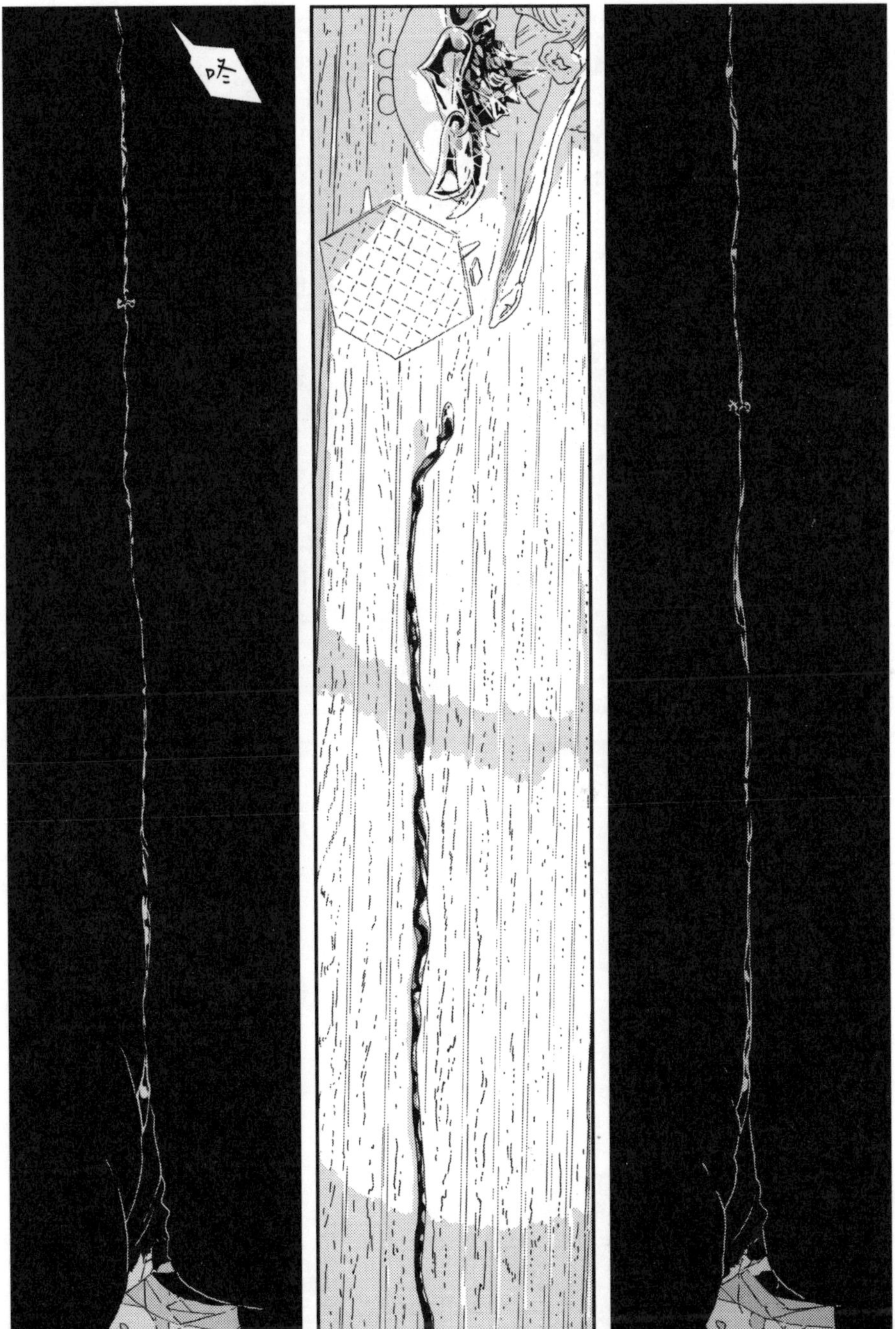
咚

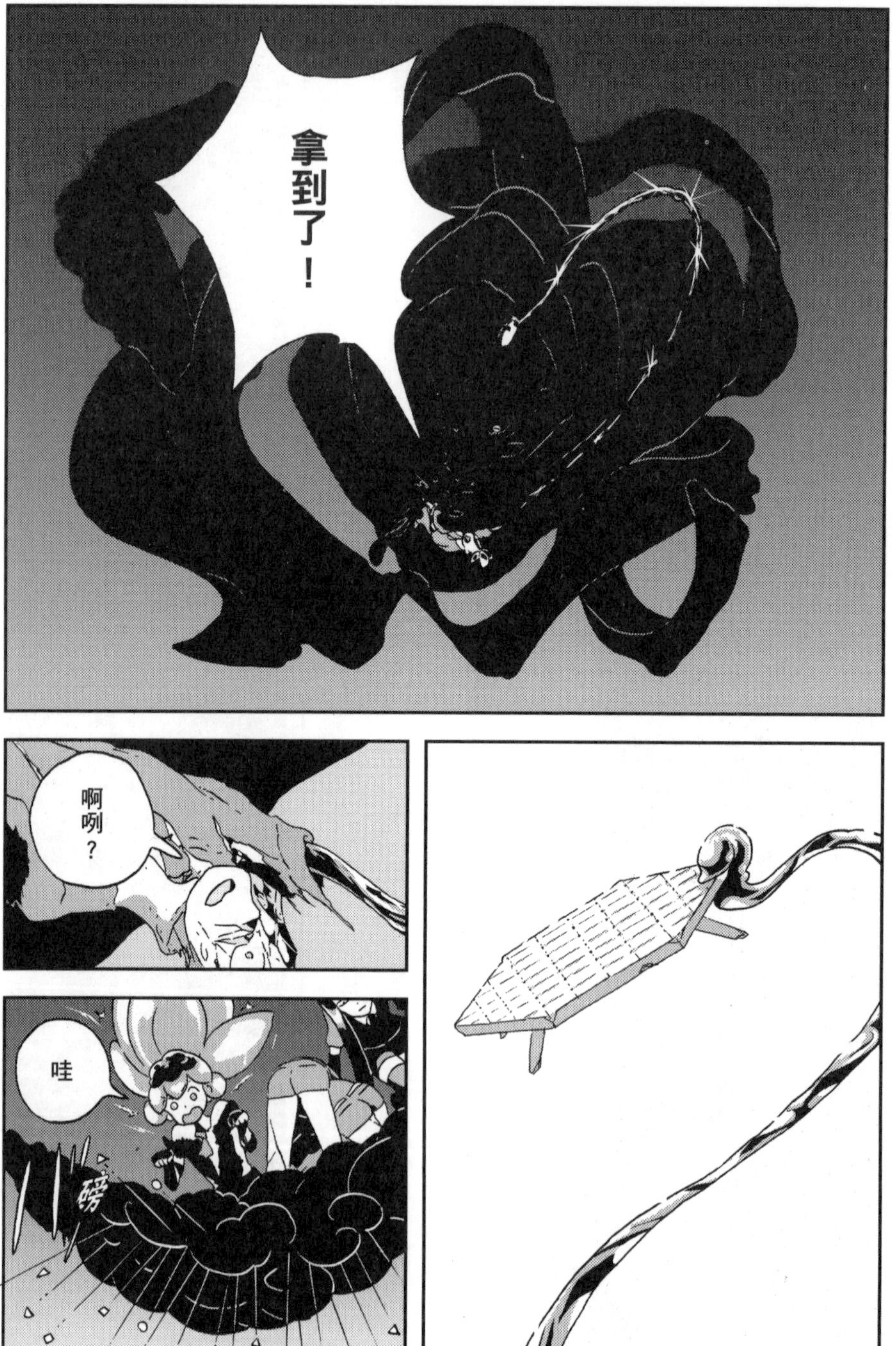
拿到了！
啊咧？
哇
磅

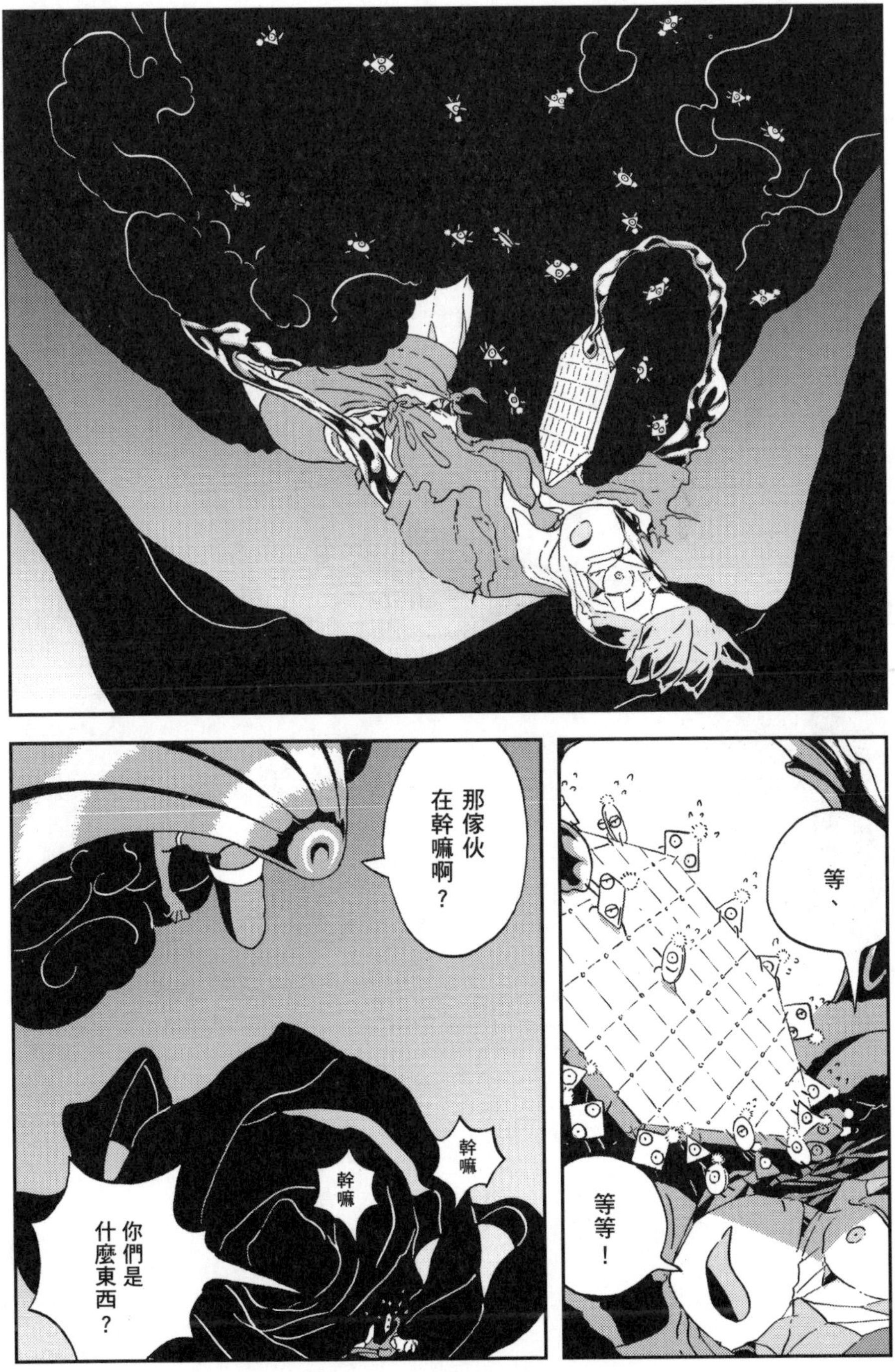
等、
等等！
那傢伙在幹嘛啊？
幹嘛
幹嘛
你們是什麼東西？

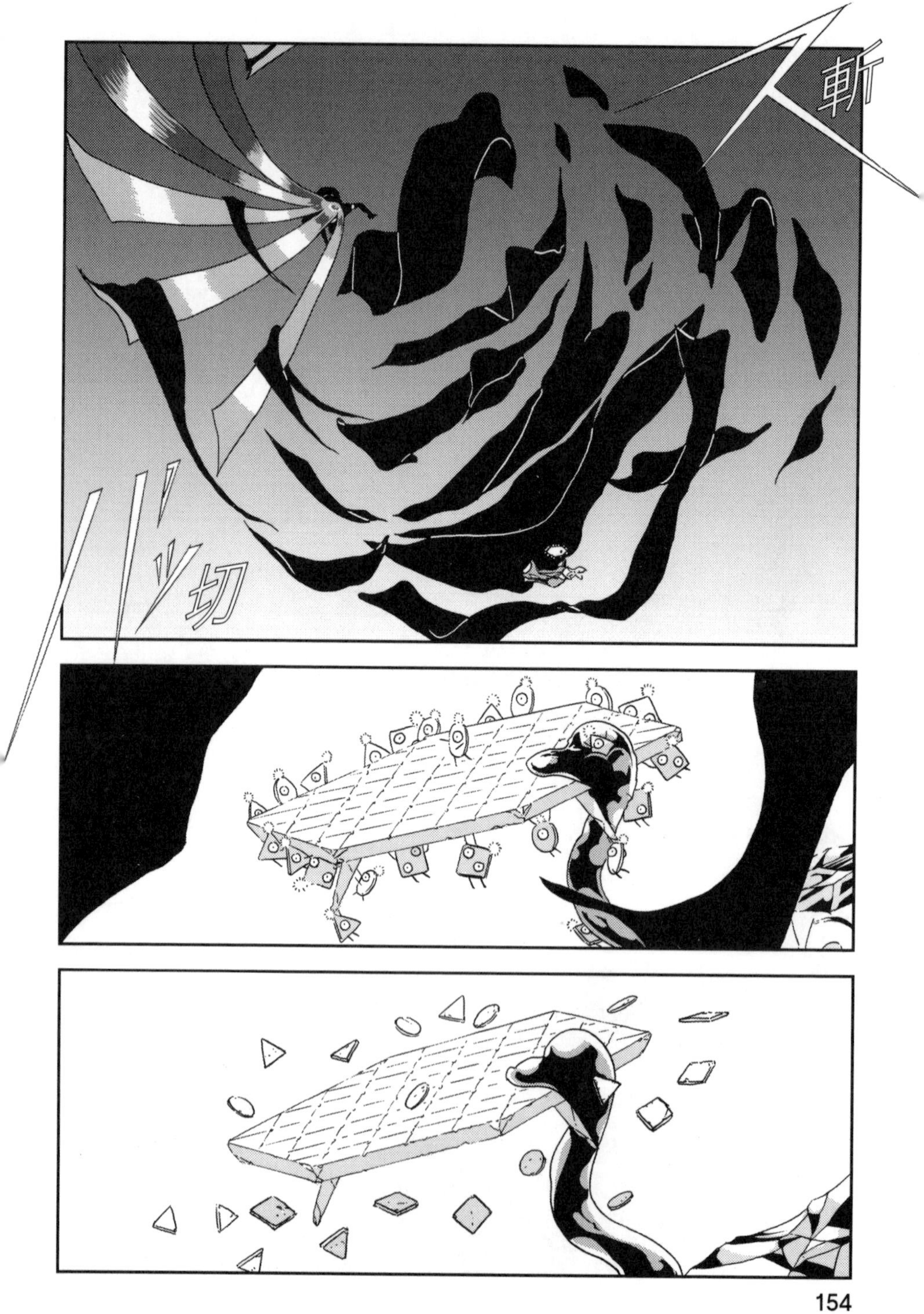
斬
ッ切

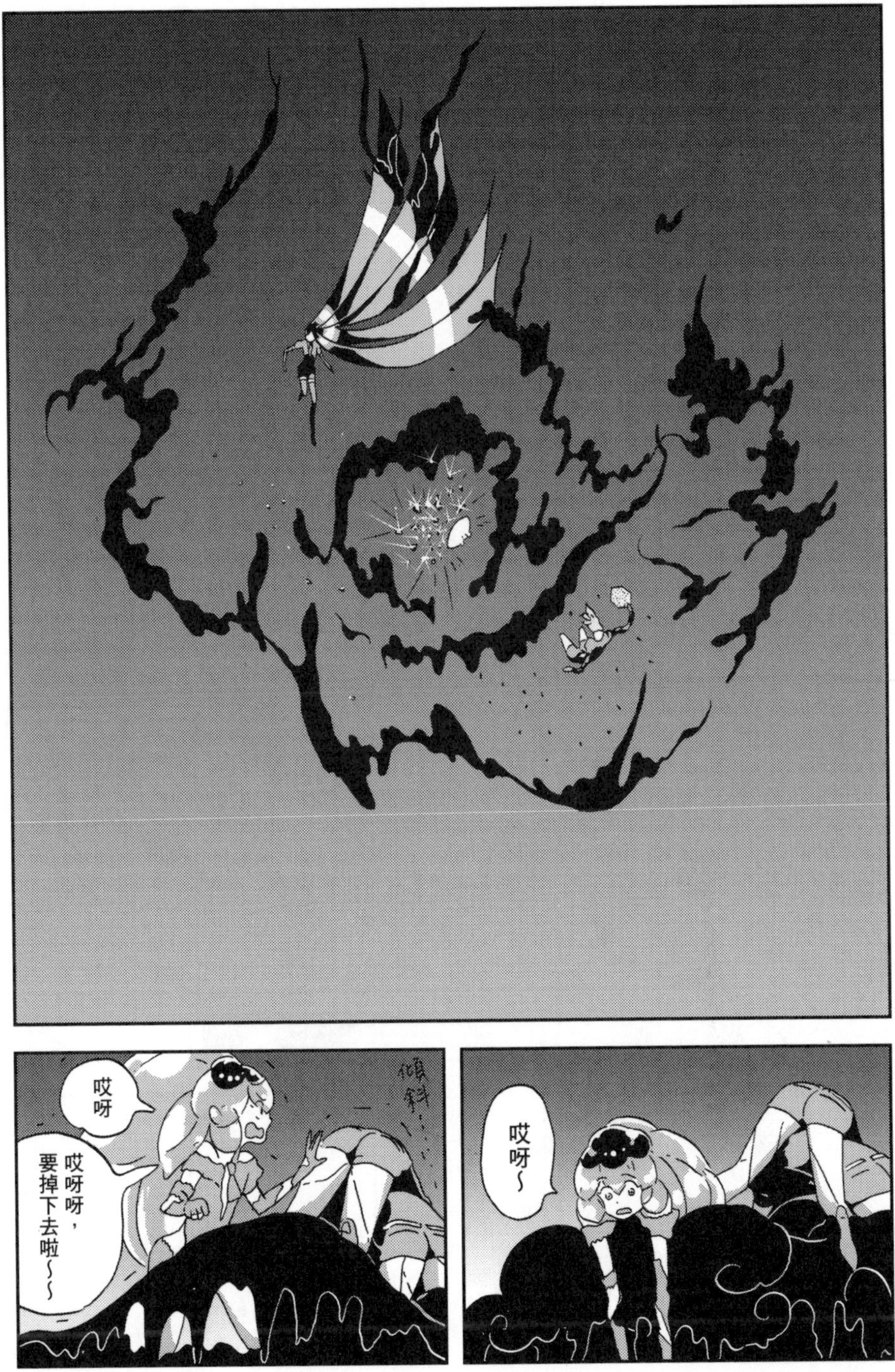
哎呀～
哎呀
哎呀呀，要掉下去啦～～
傾斜

攤開
慢慢地……
黑鑽。
你來幫我們了呀……
是你叫我來的吧。
當然。
你忘記了吧。
一定忘了。
是的，我忘記了。

算是有照原來的計畫進行啦，只是差點沒成功而已。
運氣也很重要吶。
最後沒失去半個人，而且又拿回了其他寶石的碎片，雖然只有一點點。
戰果還是相當不錯。
做得不錯唷，小磷。
好孩子，好孩子。
嗯、嗯……
我從橄欖石和榍石開始拼起吧。
來醫務室。
金紅石在叫了。
晚點見囉。

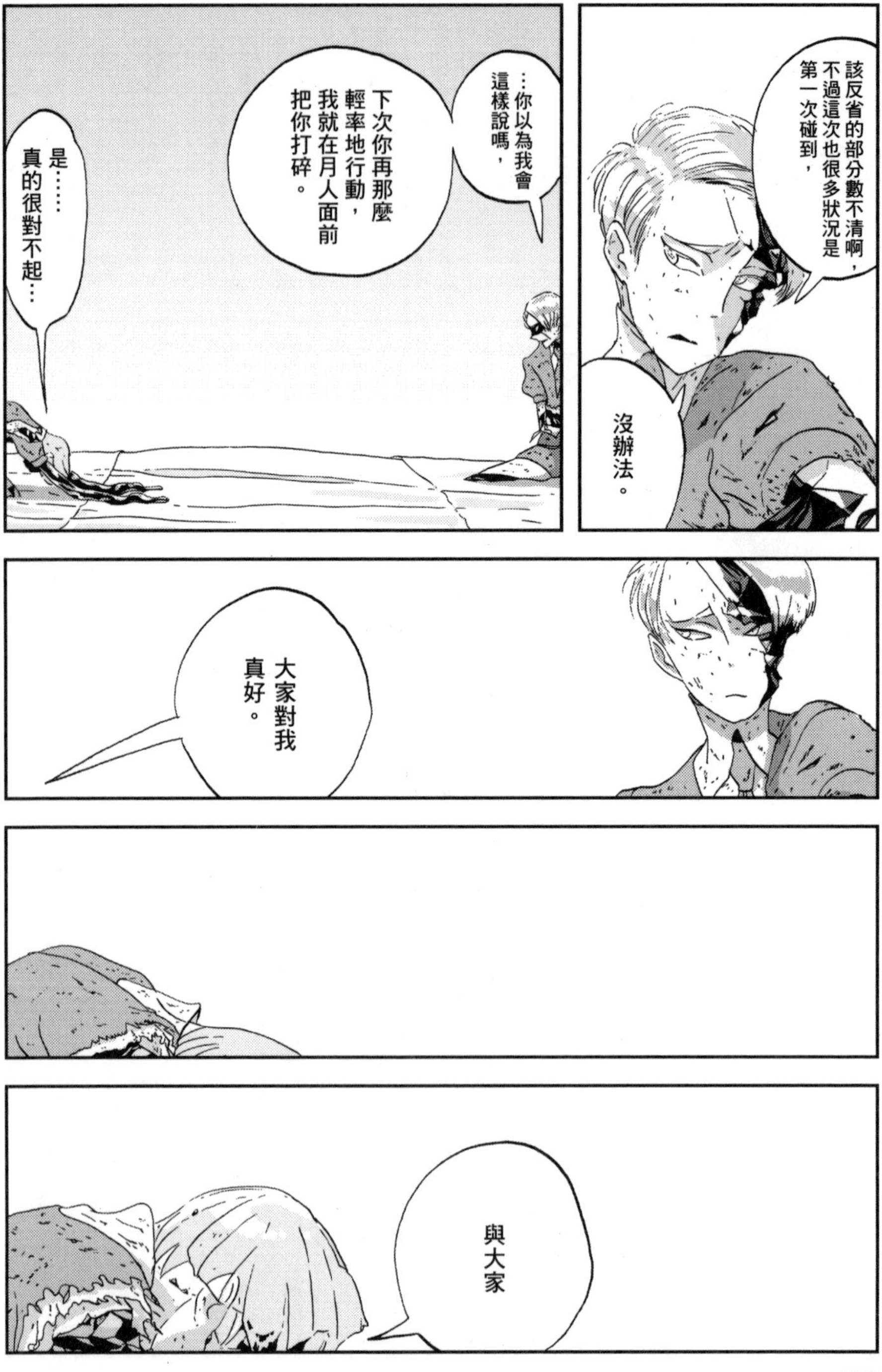
該反省的部分數不清啊，不過這次也很多狀況是第一次碰到，
沒辦法。
…你以為我會這樣說嗎，
下次你再那麼輕率地行動，我就在月人面前把你打碎。
是……真的很對不起…
大家對我真好。
與大家

一起戰鬥真是不錯。
這次遇到新型的敵人，你們表現得很好。
謝謝老師。
細節等橄欖石他們都恢復之後再說好了，請你們先休息，這是首要之務。
啊，
那這個就先交給老師了。

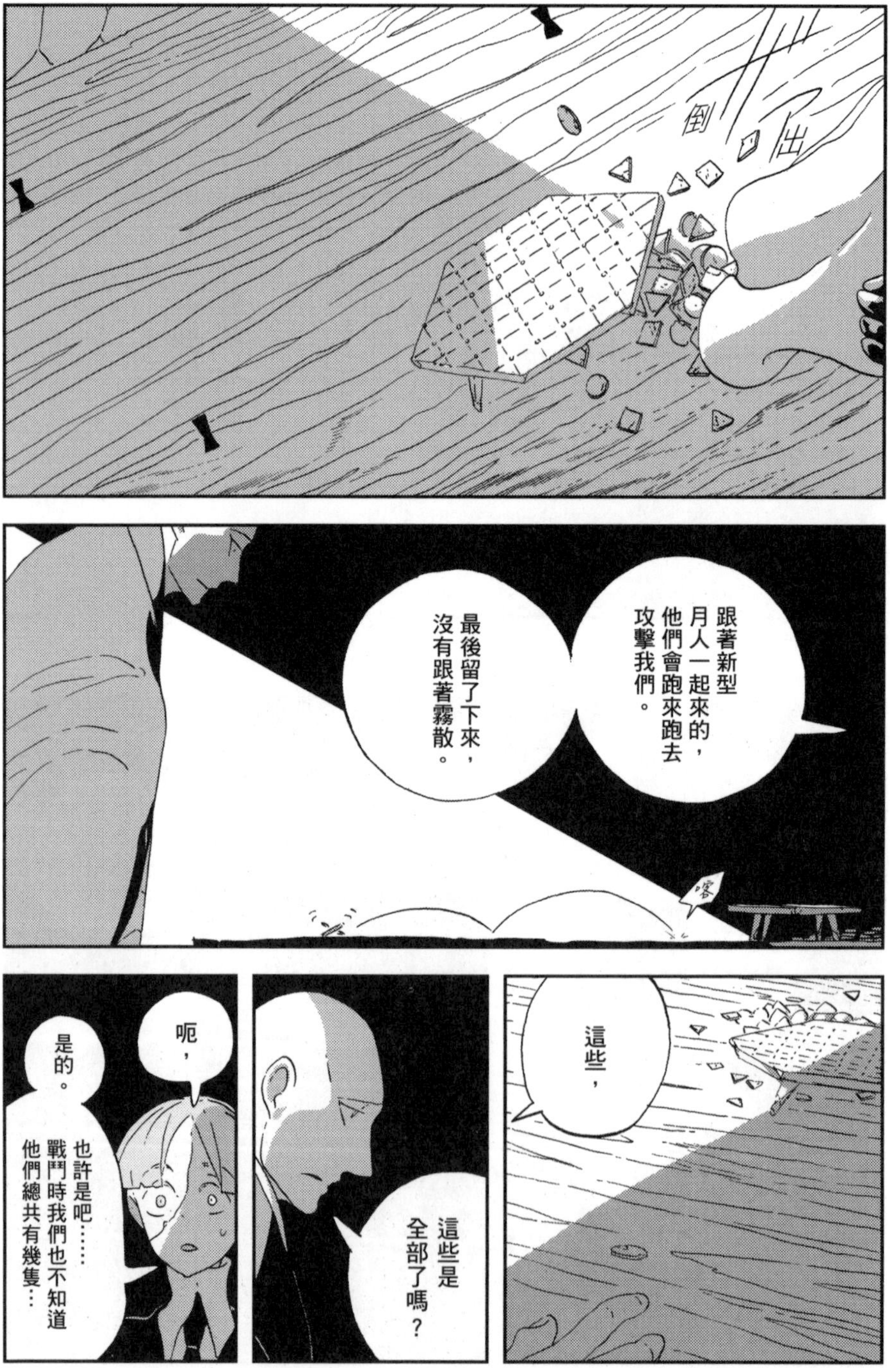
倒出
跟著新型月人一起來的，他們會跑來跑去攻擊我們。
最後留了下來，沒有跟著霧散。
喀
這些，
這些是全部了嗎？
呃，
是的。
也許是吧……戰鬥時我們也不知道他們總共有幾隻…

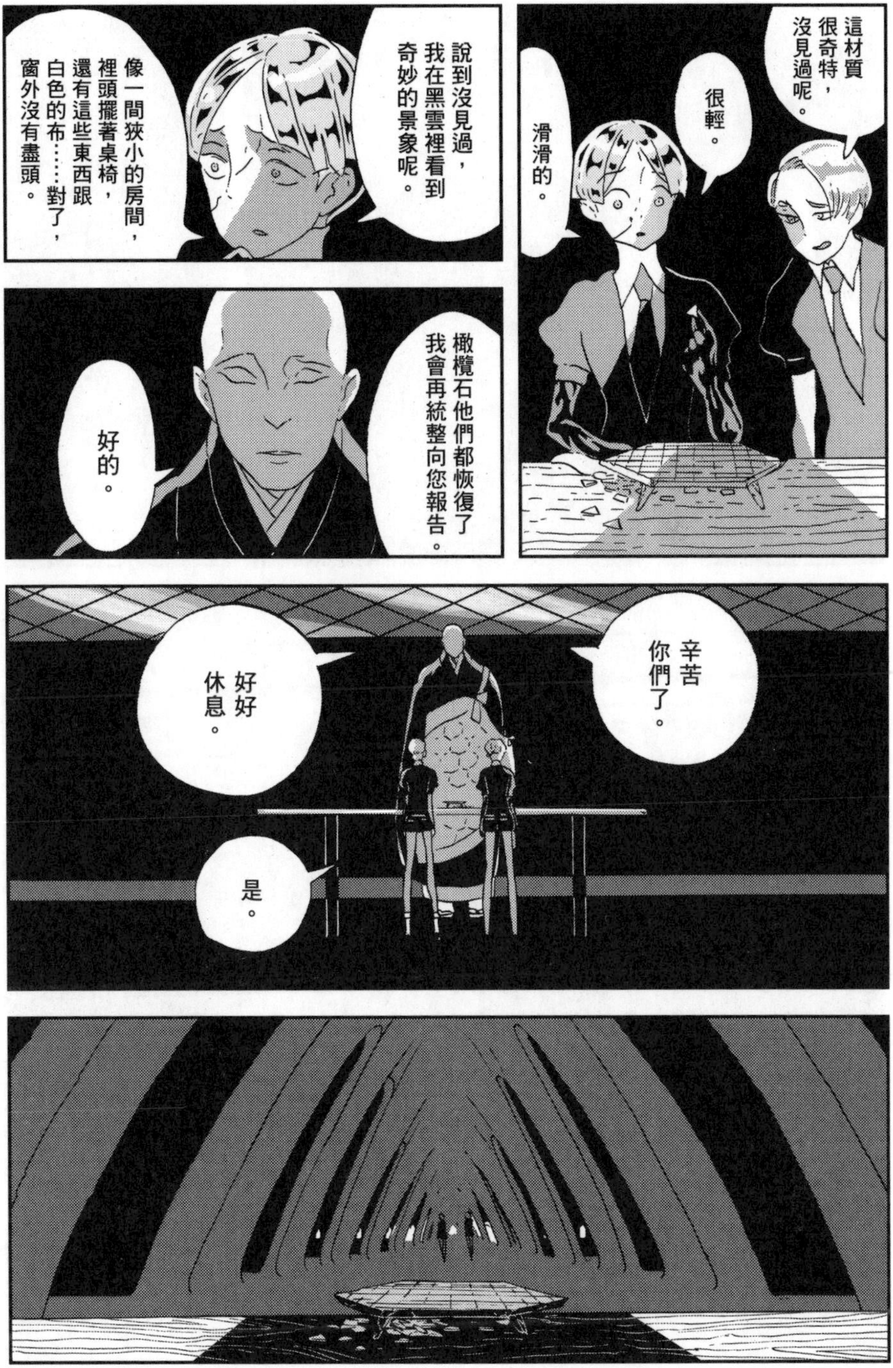
這材質很奇特，沒見過呢。
很輕。
滑滑的。
說到沒見過，我在黑雲裡看到奇妙的景象呢。
像一間狹小的房間，裡頭擺著桌椅，還有這些東西跟白色的布……對了，窗外沒有盡頭。
橄欖石他們都恢復了我會再統整向您報告。
好的。
辛苦你們了。
好好休息。
是。

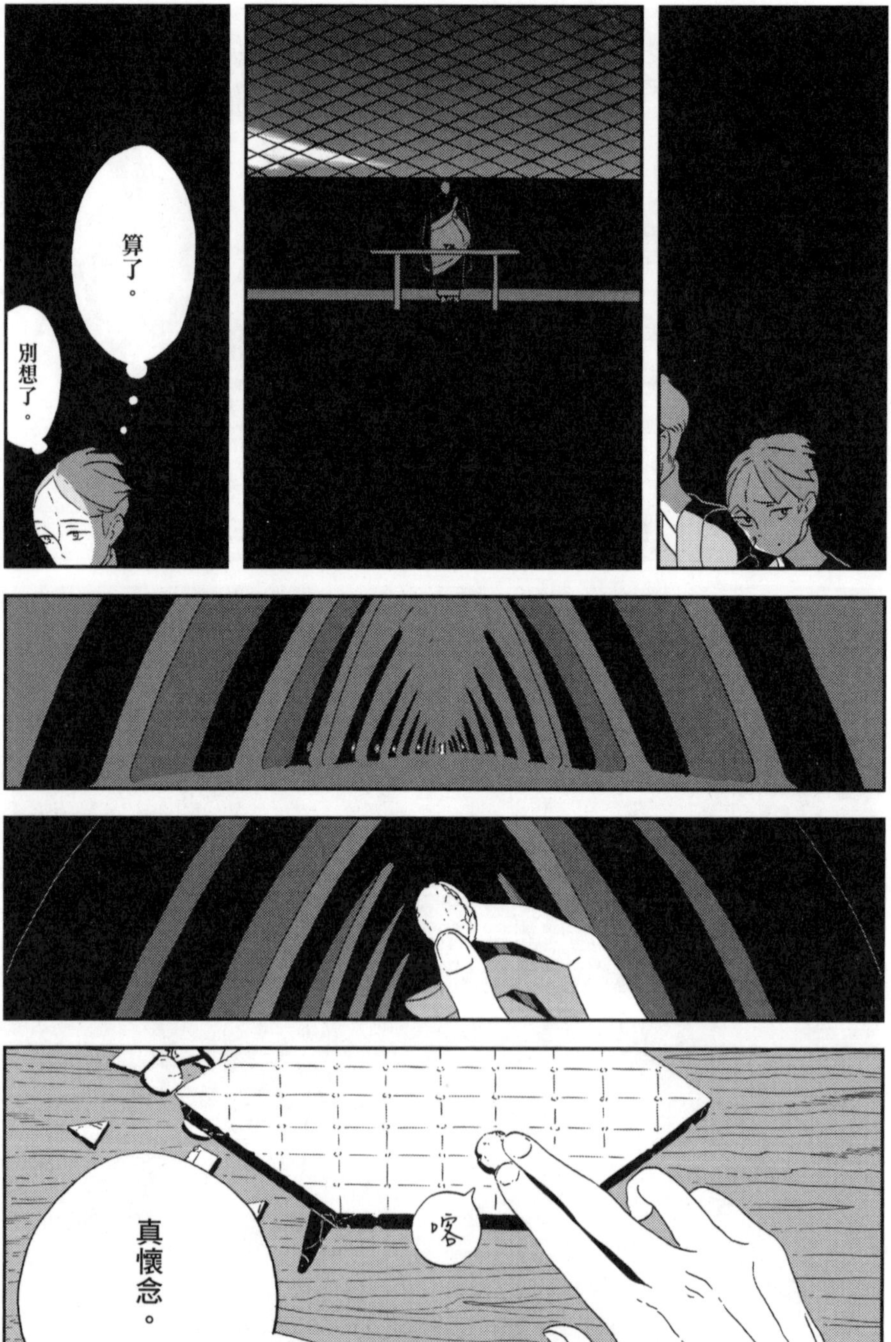
算了。
別想了。
喀
真懷念。

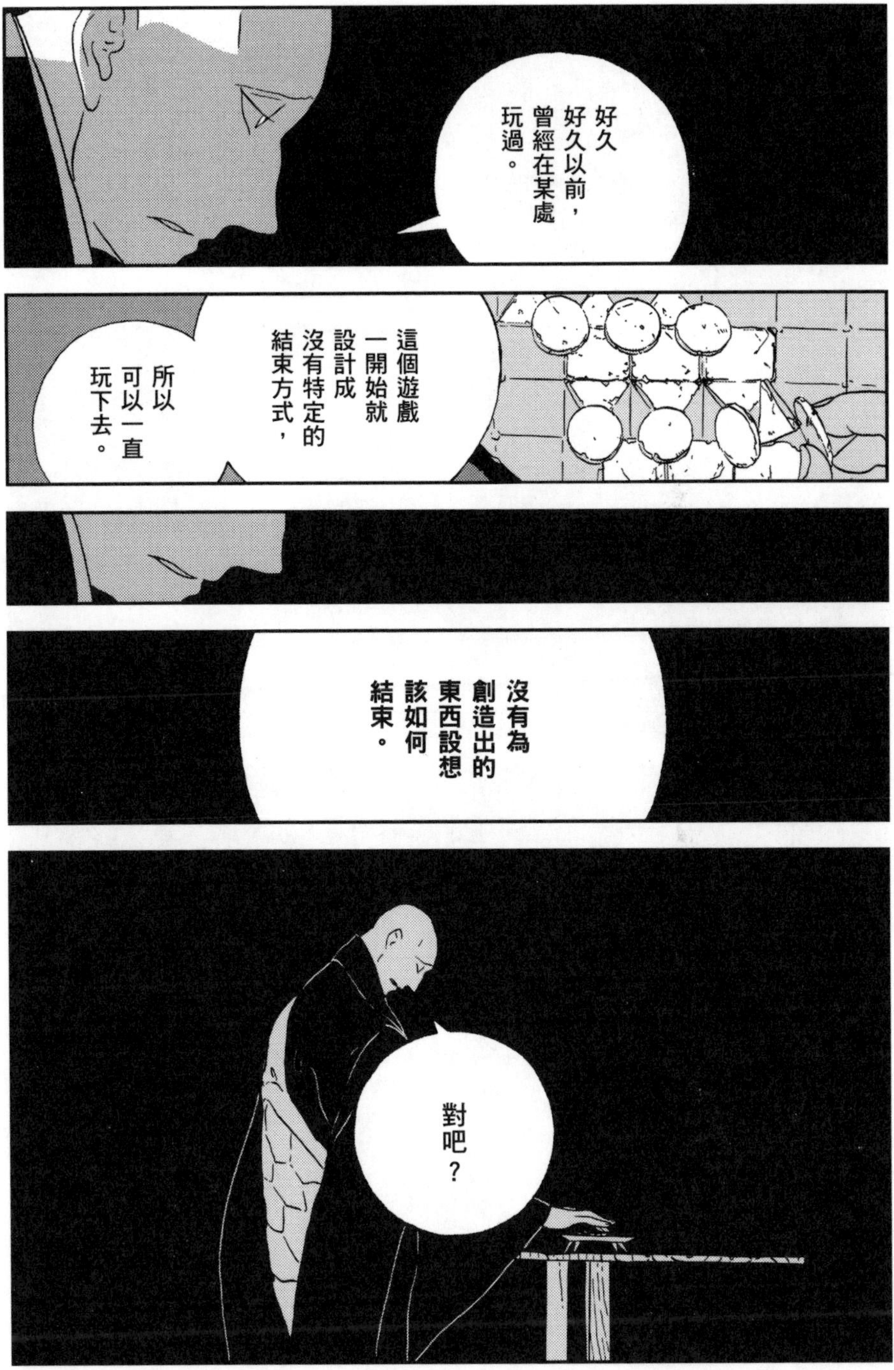
好久
好久以前，曾經在某處玩過。
這個遊戲一開始就設計成沒有特定的結束方式，
所以可以一直玩下去。
沒有為創造出的東西設想該如何結束。
對吧？

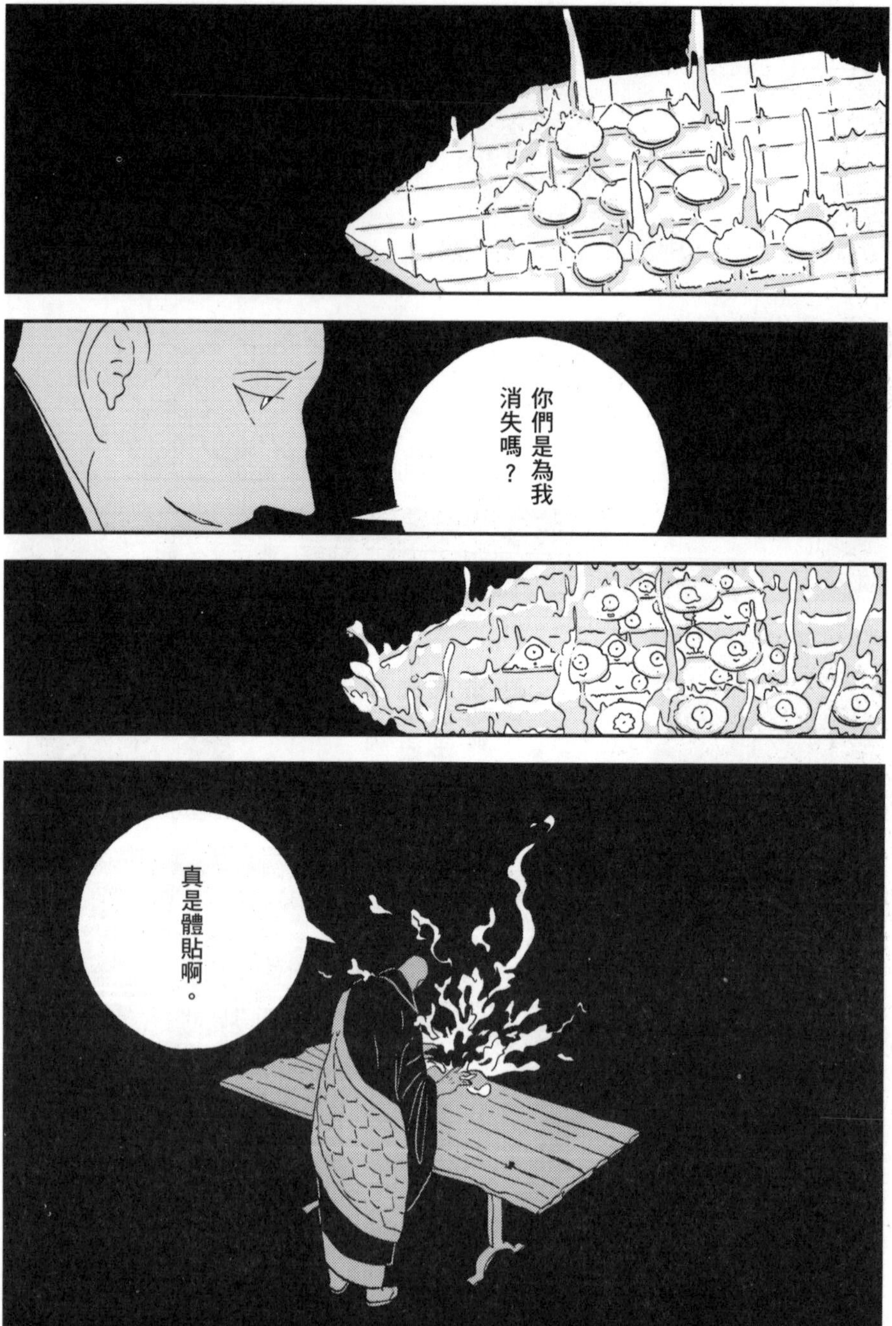
你們是為我
消失嗎？
真是體貼啊。

跟你說，有項工作叫「破壞流冰」，很開心唷。
騙鬼。
為什麼知道……
你說的「開心」總是很假。
幹嘛，那什麼臉。
別……
不舒服。
別那樣說嘛，快要冬天了，我們要好好相處唷～
搖
別弄我。
推
啊。

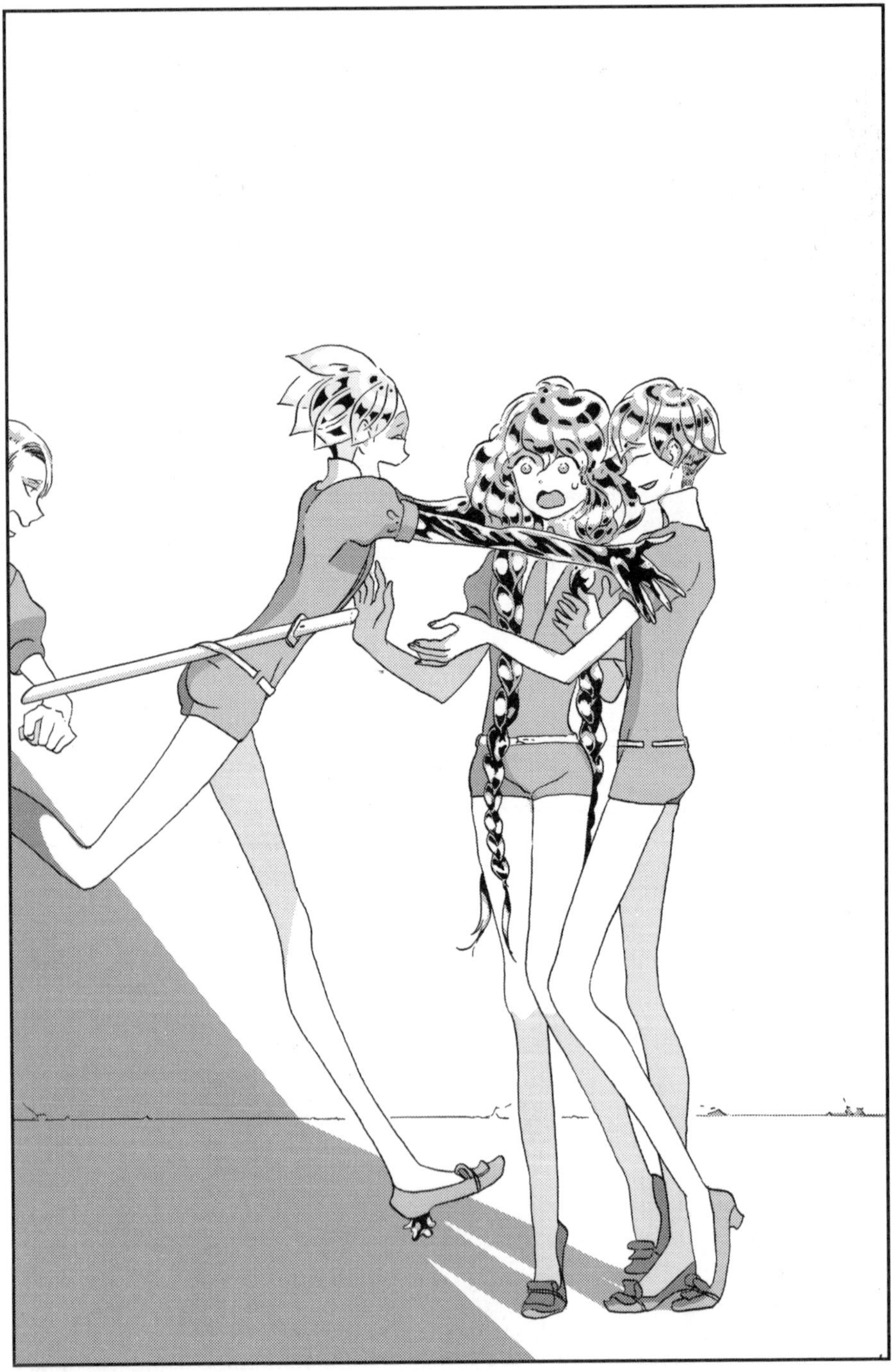

〔第四十三話　棋盤之上〕　終

第四十四話 捷徑

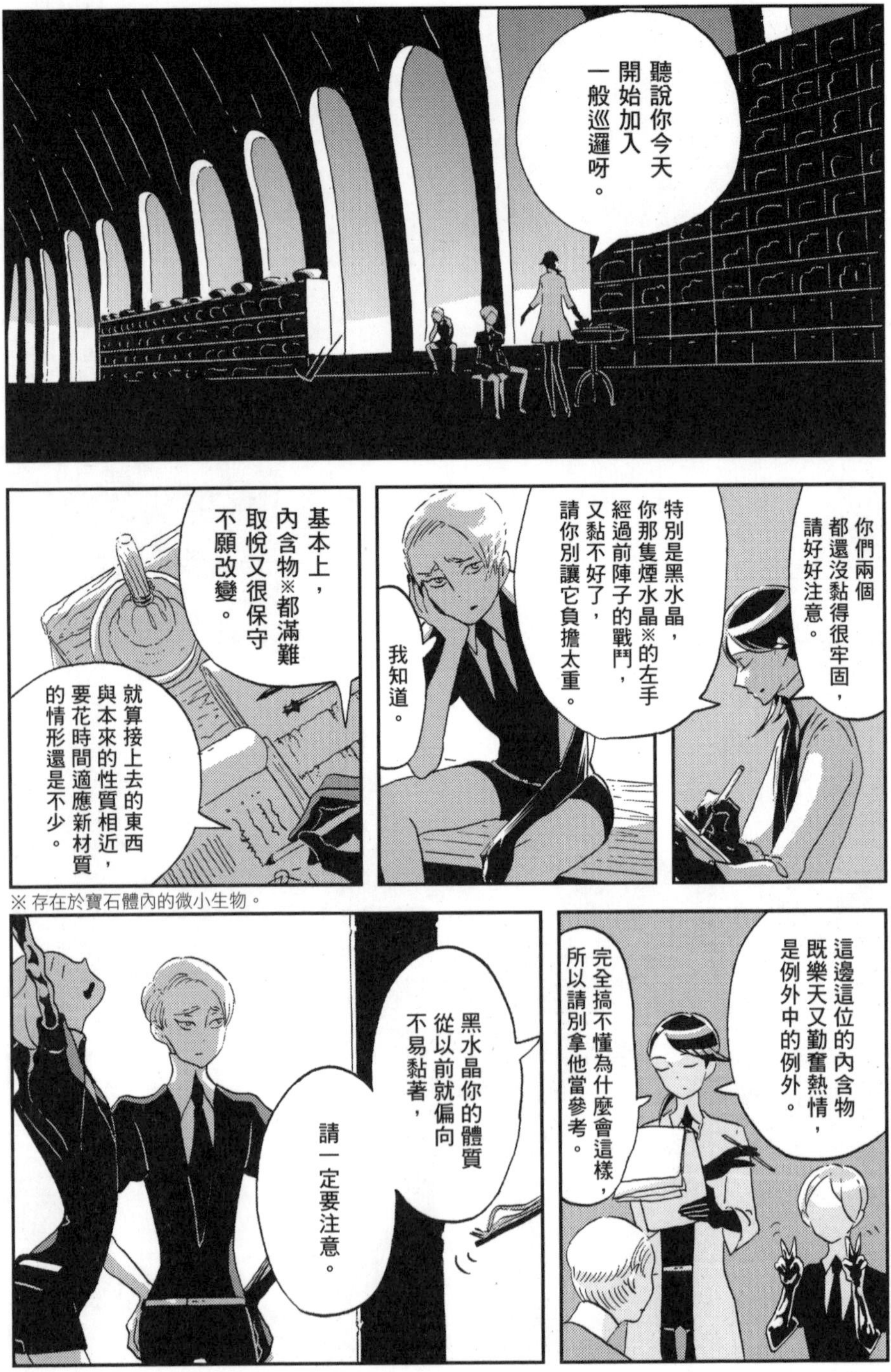
聽說你今天開始加入一般巡邏呀。
你們兩個都還沒黏得很牢固，請好好注意。
特別是黑水晶，你那隻煙水晶※的左手經過前陣子的戰鬥，又黏不好了，請你別讓它負擔太重。
我知道。
基本上，內含物※都滿難取悅又很保守不願改變。
就算接上去的東西與本來的性質相近，要花時間適應新材質的情形還是不少。
這邊這位的內含物既樂天又勤奮熱情，是例外中的例外。
完全搞不懂為什麼會這樣，所以請別拿他當參考。
黑水晶你的體質從以前就偏向不易黏著，
請一定要注意。

※ 存在於寶石體內的微小生物。

※譯注：煙水晶，原名Smoky Quartz。煙水晶一般較為透明偏褐色，p.83提到的Cairngorm與Morion皆歸屬於此大類，由於同種類又材質相近，金紅石才可以把煙水晶接到黑水晶的左手上，如同當初幫小磷接上瑪瑙代替雙腿。

哦～！池子都結凍了呢……
今天我們負責哪裡？
緒之濱。
好遠喔！
好～走捷徑！
就讓我們用華麗的步伐橫渡結凍的池子吧！走吧！黑水晶！
滑
鏗
裂開
哇呀——
要沉下去啦——

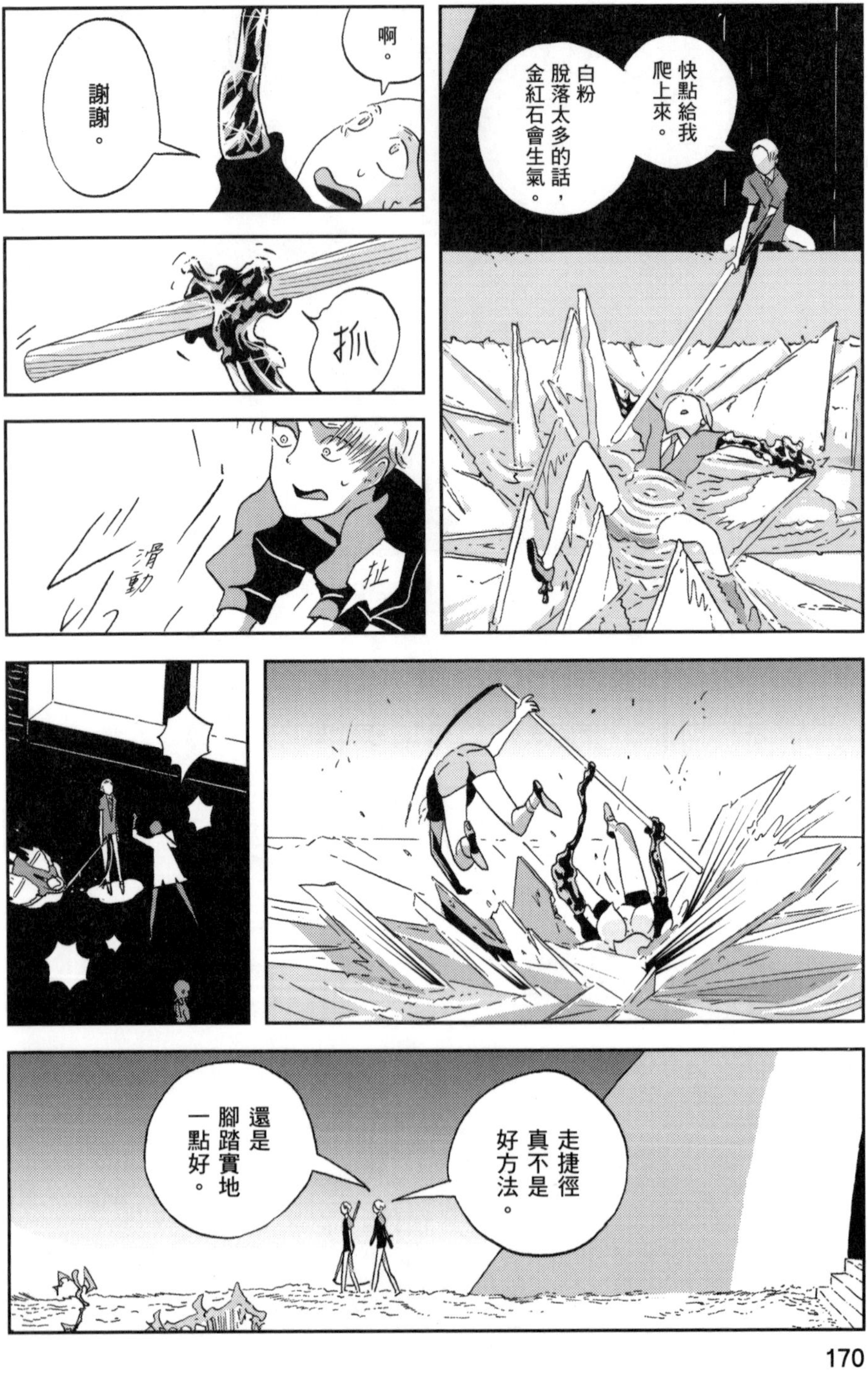
快點給我爬上來。
白粉脫落太多的話，金紅石會生氣。
啊。
謝謝。
抓
滑動
扯
走捷徑真不是好方法。
還是腳踏實地一點好。

哇～這冰比想像中還要滑呢。
結果，都要冬天了，我們什麼都還沒準備好，沒關係嗎？
哦。
小心喔！
謝啦！
我已經大概聽了破壞流冰跟除雪的重點，
我想應該沒問題。
對你來說一定很輕鬆啦。
唷。
搭肩
哇。
黃鑽……這樣很危險耶。
小磷！今晚來玩牌吧，好久沒玩了！
好誒！我不會輸唷～

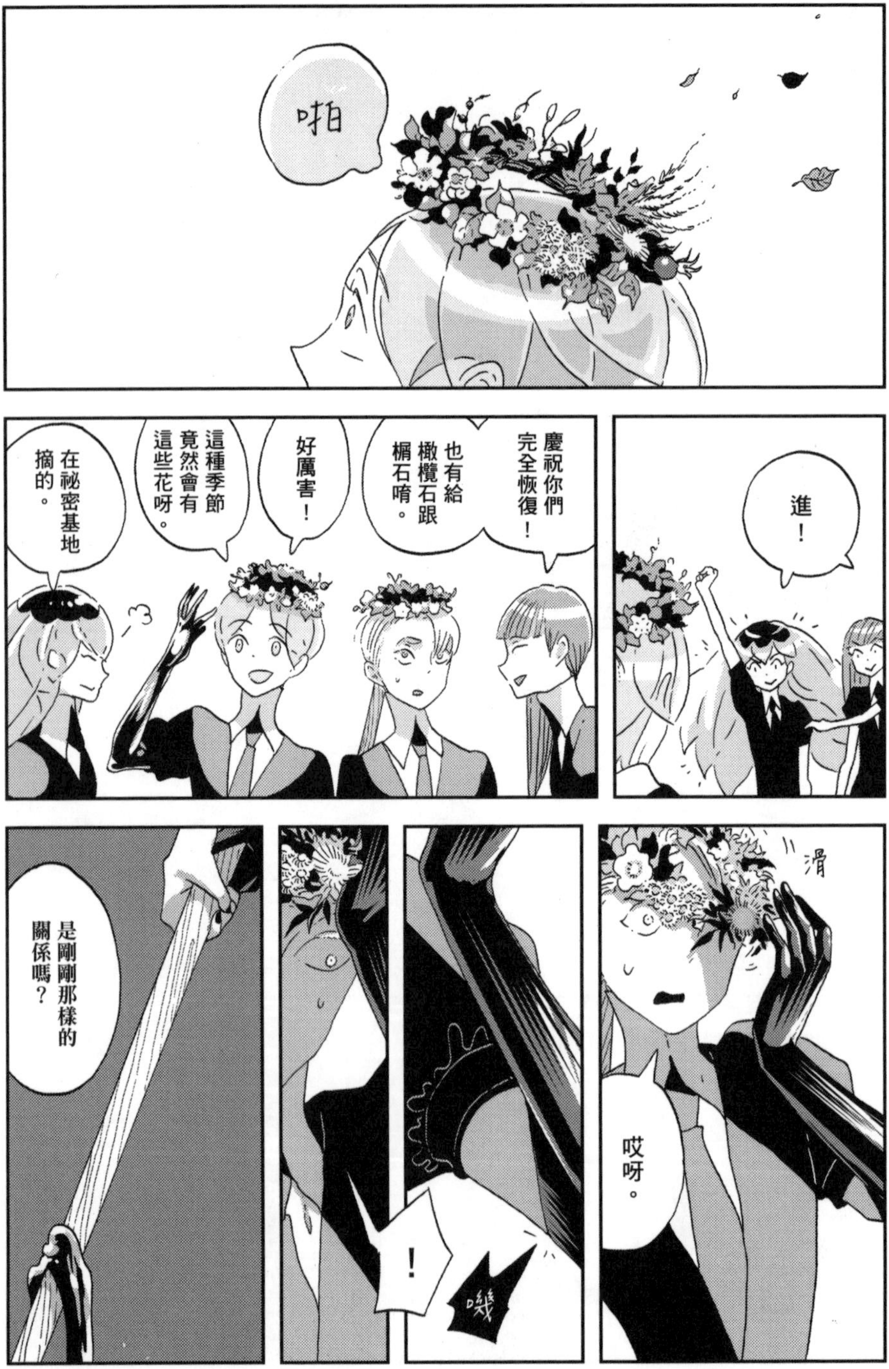
啪
進！
慶祝你們完全恢復！
也有給橄欖石跟榍石唷。
好厲害！
這種季節竟然會有這些花呀。
在祕密基地摘的。
滑
哎呀。
！
嘰
是剛剛那樣的關係嗎？

我要～蒐集～
朝露和花朵～
嗯呼呼～～～
啦啦～～～♪
劈哩
怎麼了？臉怎麼那麼恐怖。
不過你臉本來就那樣
閉嘴。
跟你說，其實流冰會說話喔。
啊？
雖然它們個性很壞，不過我心情非常低落時還關心過我咧。
沒事吧？
你忙過頭了嗎？
喂
忙過頭了喔？
我完全沒辦法想像。
但基本上他們很危險，所以還是把他們全部打碎最好啦！
首先要用腳跟在流冰上戳個洞，接著重心往後…
好小。

把體重加在腳跟，那種滑動感跟踩著月人時很像。
就拿他們來練習吧。
來吧！看我快～速～示範給你看。
等等。
你的「快～速～」只會讓我有不好的預感，如果剛剛池子的情況在上頭再現就很傷腦筋了。
對我真是沒信心……
看好，我比你還行。
好～喔～

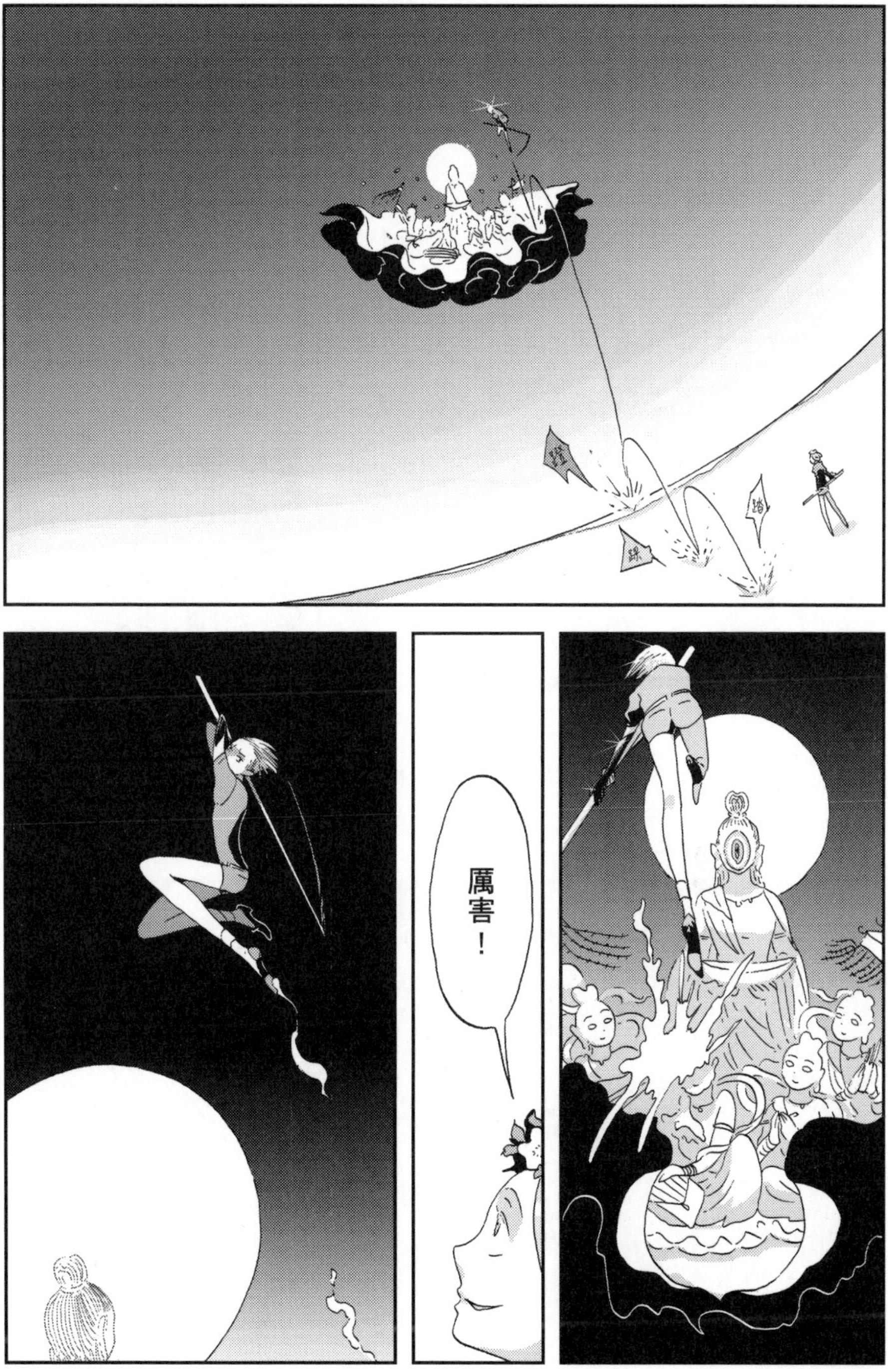
踏
踩
蹬
厲害！

裂開
糟了。
黑水晶！

噗咻咻咻
嗚哇。
小磷
快走！
手！
不要管了！

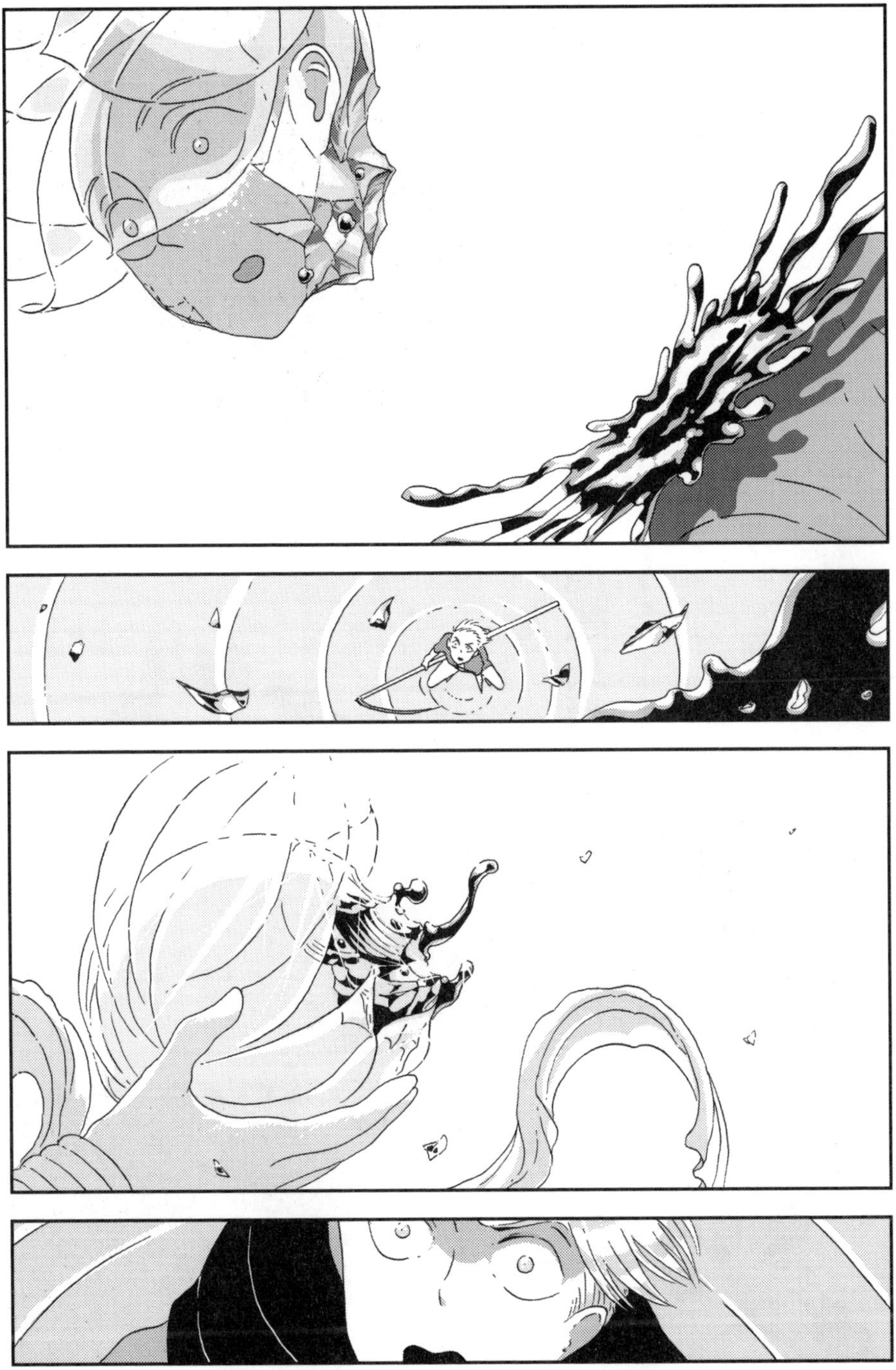

混、
混帳東西～～～～！
你真是⋯

磅
大哥！你看那邊！
為什麼每一次、每一次都這樣！
你就是這一點，我最討厭了！
沙

卡住
!
嗚哇。
嘰
嘰
嘰
好重
嘰嘰嘰嘰嘰

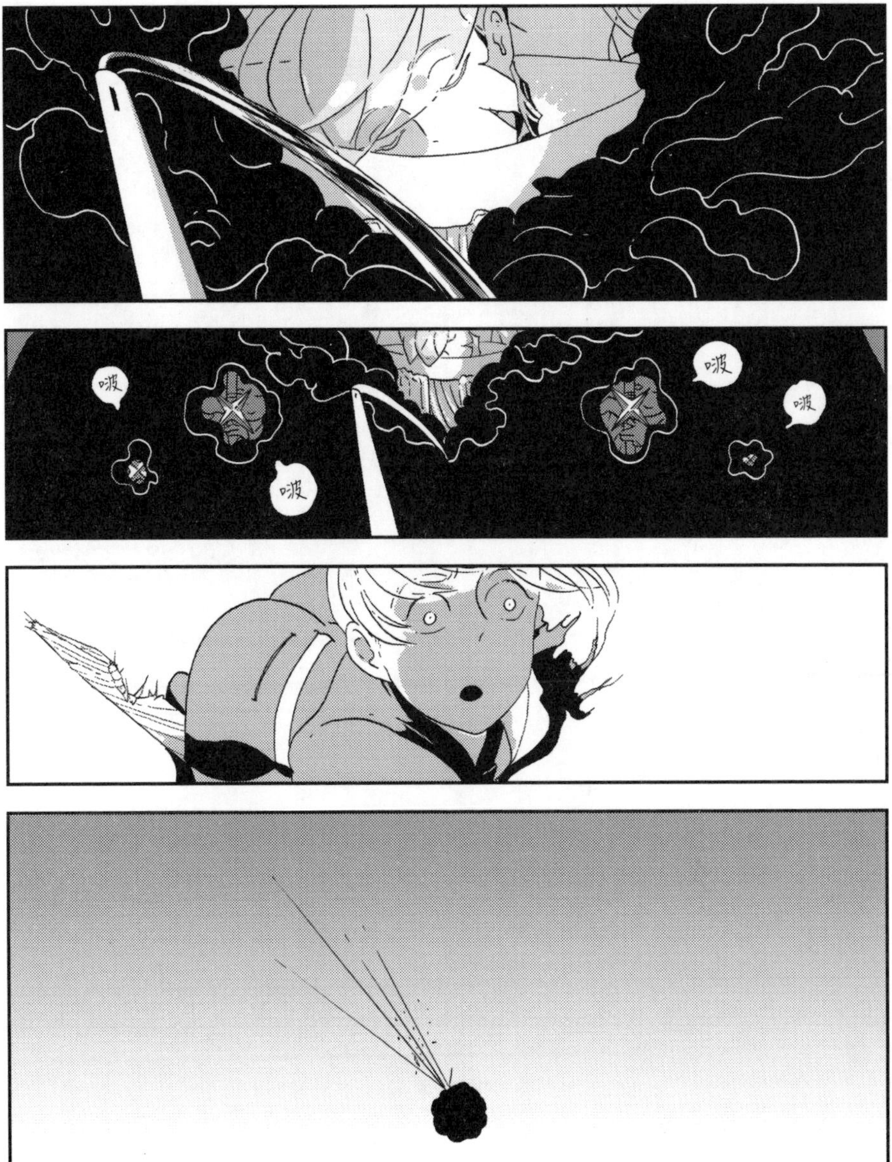
啵
啵
啵
啵

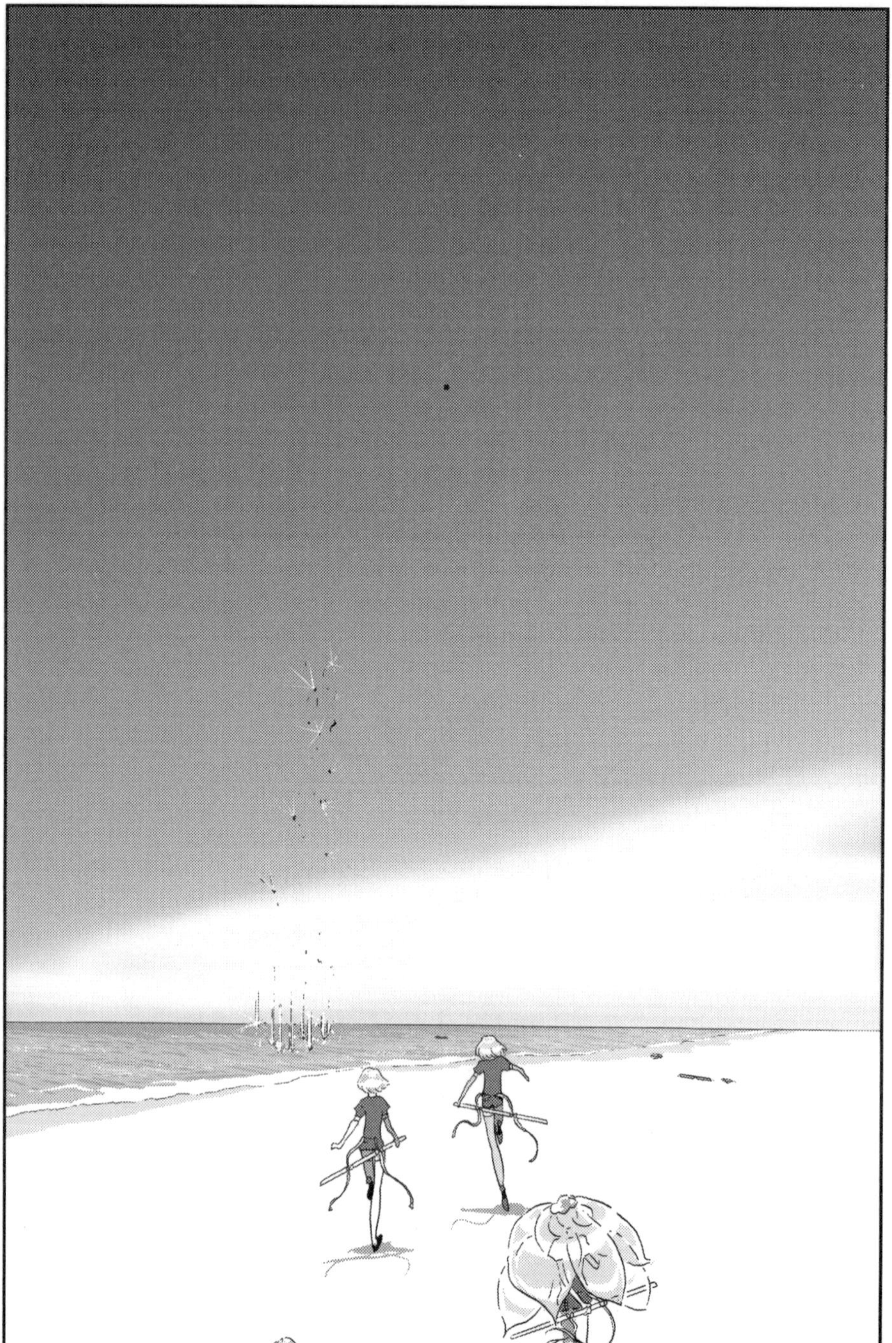

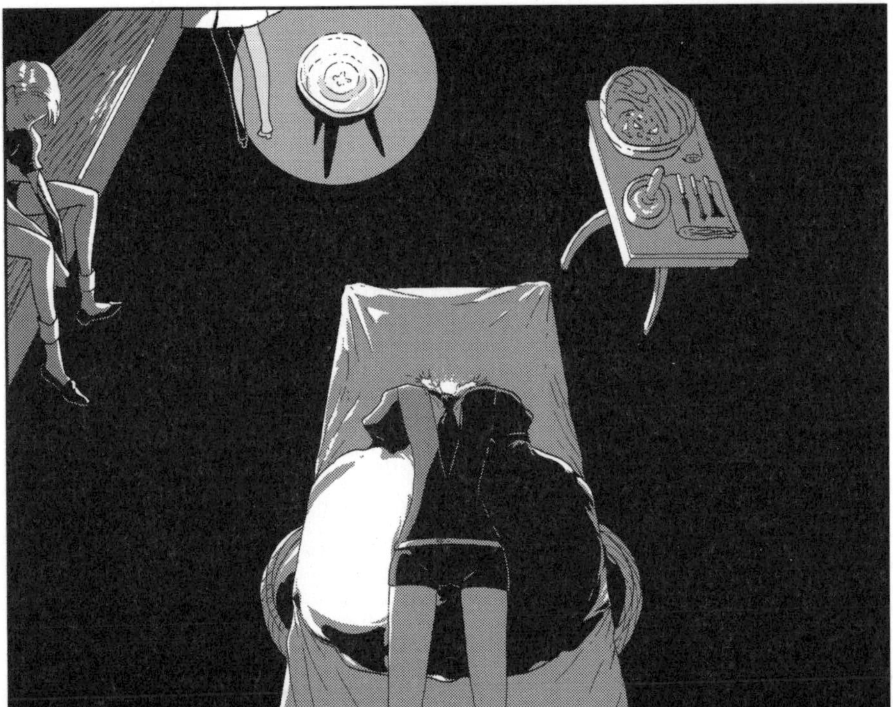

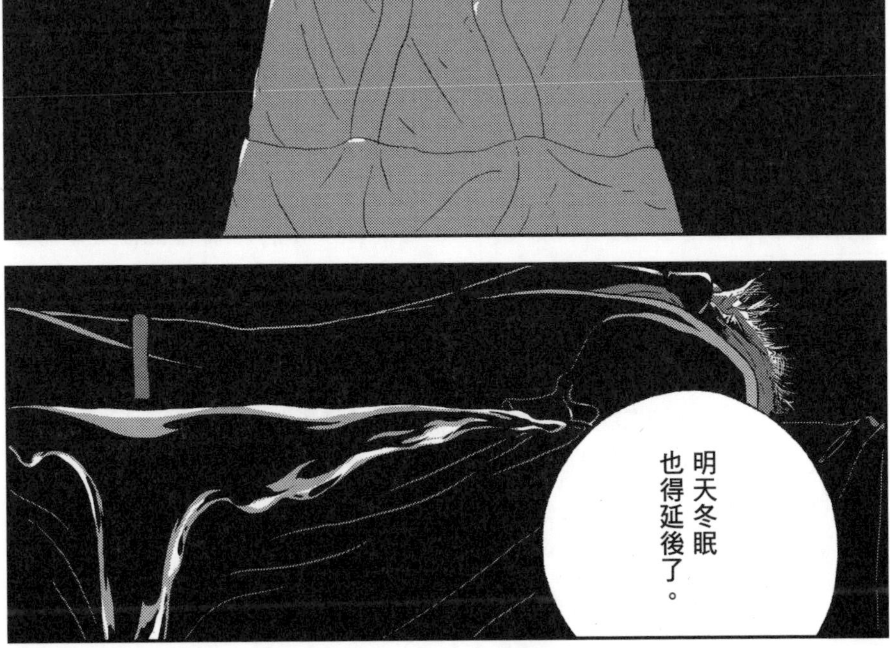
明天冬眠
也得延後了。

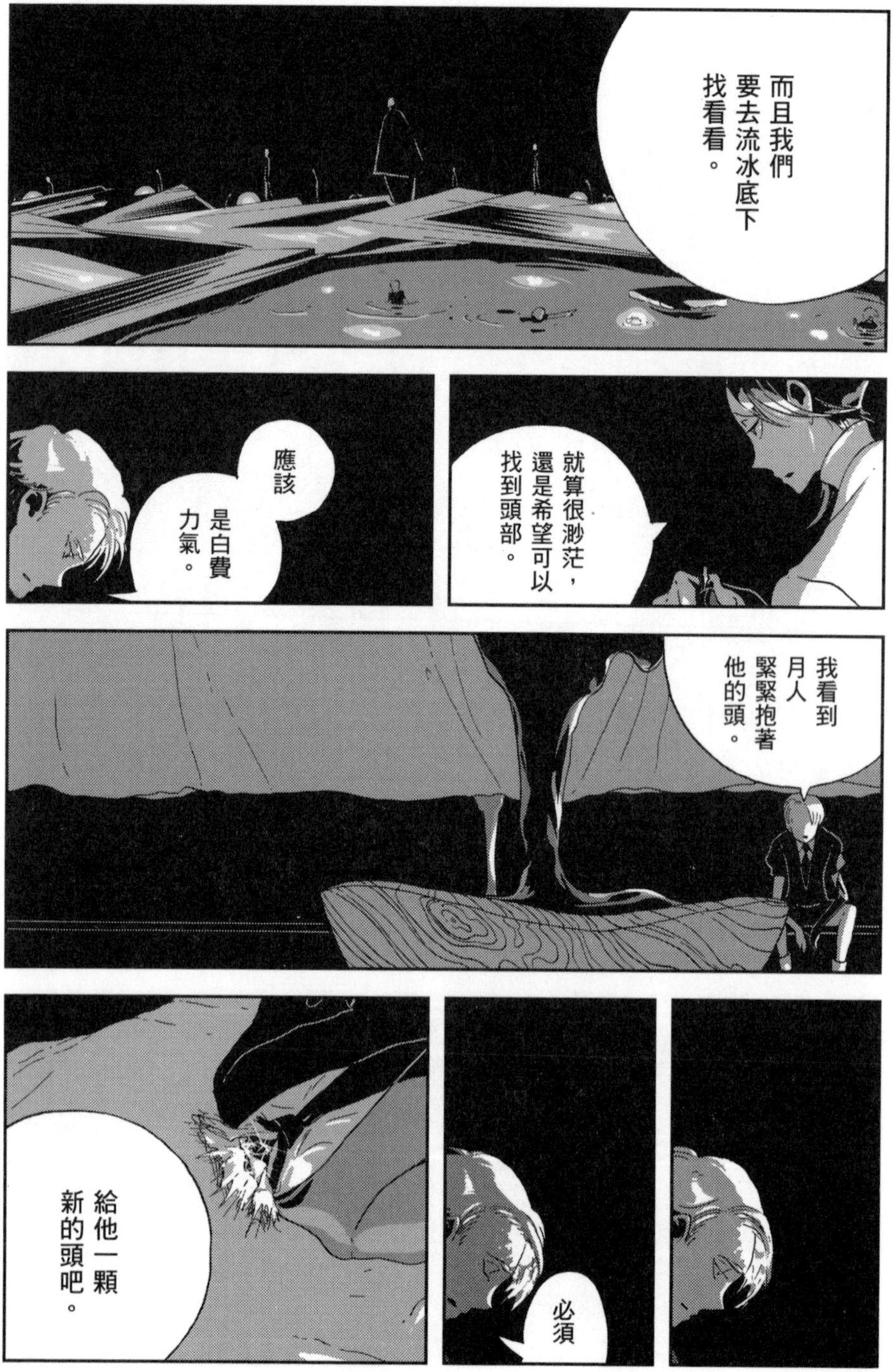
而且我們要去流冰底下找看看。
就算很渺茫，還是希望可以找到頭部。
應該是白費力氣。
我看到月人緊緊抱著他的頭。
必須
給他一顆新的頭吧。

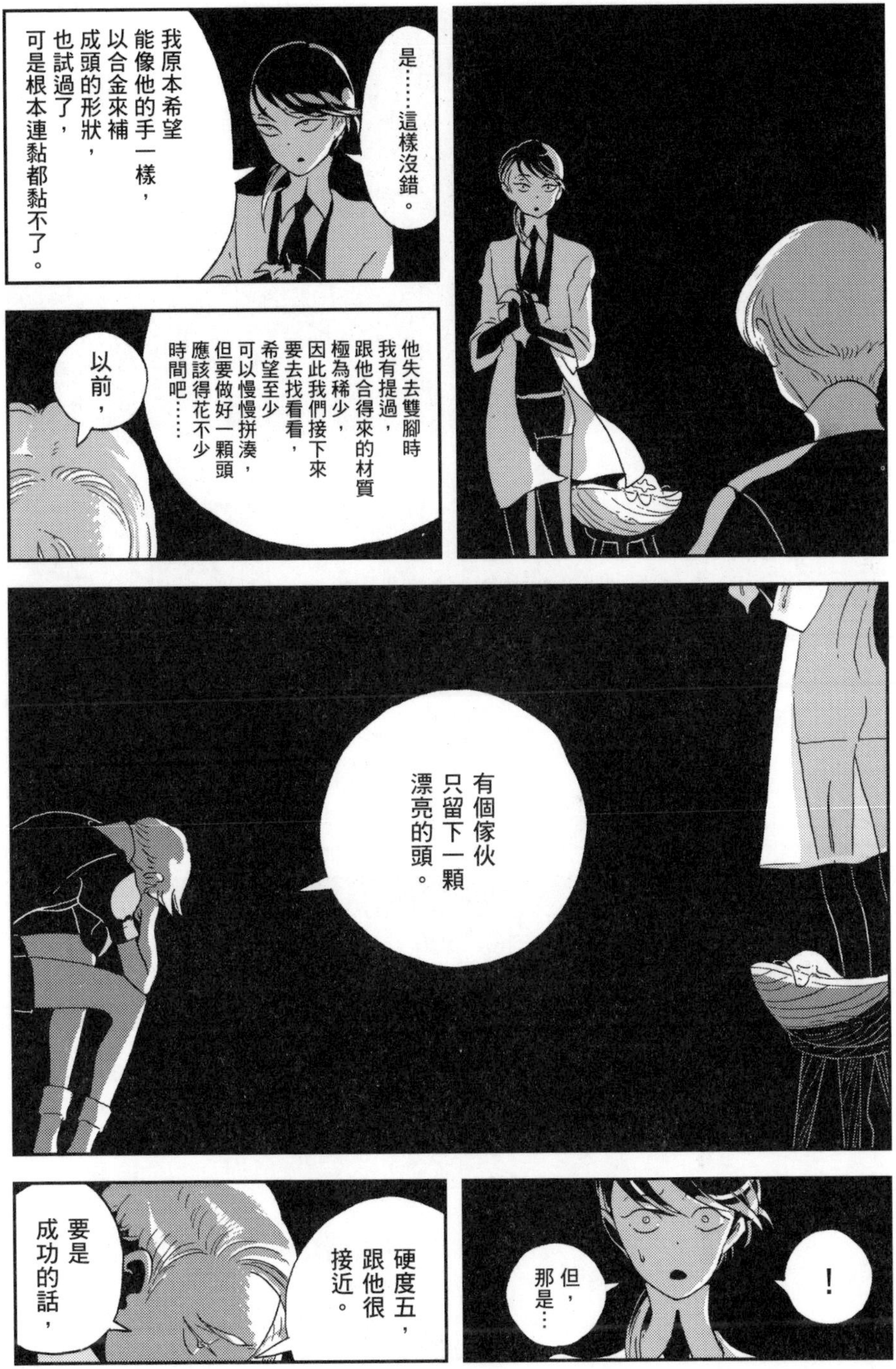
是……這樣沒錯。
我原本希望能像他的手一樣，以合金來補成頭的形狀，也試過了，可是根本連黏都黏不了。
他失去雙腳時我有提過，跟他合得來的材質極為稀少，因此我們接下來要去找看看，希望至少可以慢慢拼湊，但要做好一顆頭應該得花不少時間吧……
以前，
有個傢伙只留下一顆漂亮的頭。
！
但，那是…
硬度五，跟他很接近。
要是成功的話，

這就是條捷徑。
你要守護著小磷唷。
想不到那傢伙，
居然會讓我們拿出最珍貴的東西啊。

對不起。

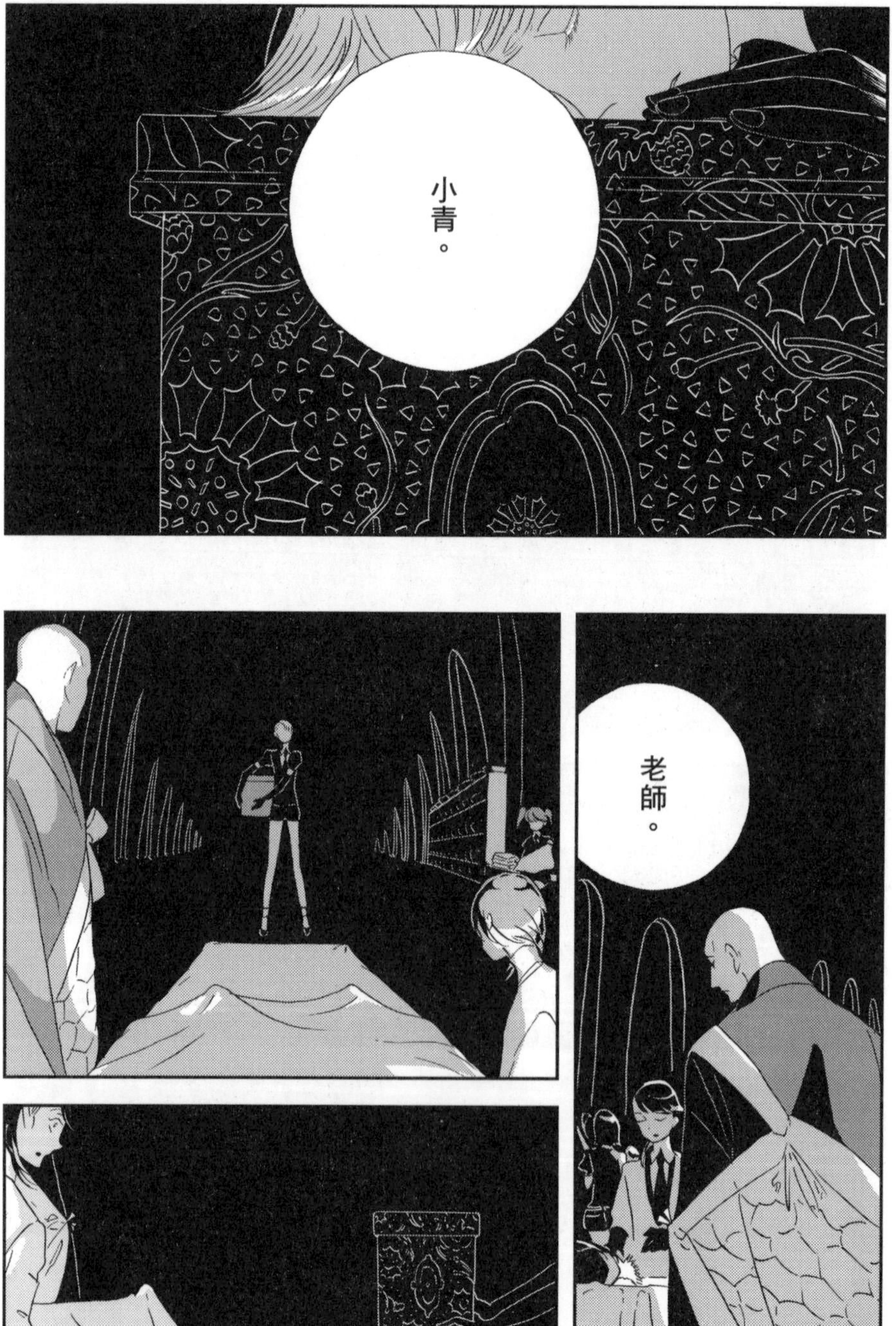
小青。
老師。

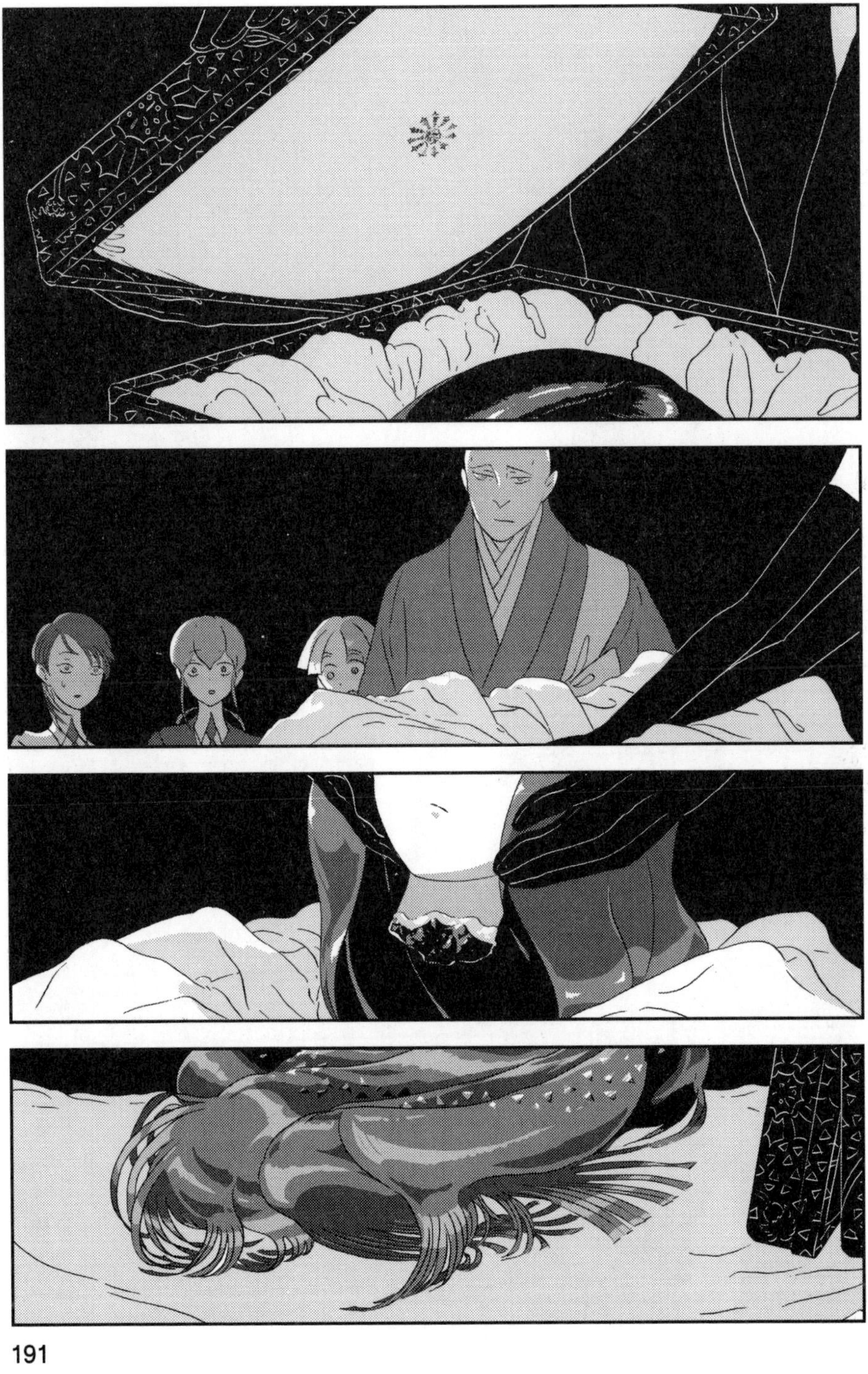

ゴトン

給磷葉石，
裝上青金岩的頭吧。

〔第四十四話　捷徑〕　終

小磷。
可以和你討論一下明天之後的行程嗎？
哦好喔。
啊，對了。
等等。
哦好……
嗯
藍柱，
剛剛
你的頭髮好像有移動……
哦？
你不知道嗎？
啊?!
很真實的幻覺又出現了
這個我自己沒辦法控制。
我想是跟氣壓有關係啦……一直都有在統計它變化的次數，但是確切的原因還是不清楚。
是喔～
翡翠早就知道了？
當然。
移動中被看到倒很罕見啦。
罕見啊。
停在正中間，這更罕見，看來今天會有好事。
太好了。

ISBN 978-986-235-736-1

售價： 250 元

本書如有缺頁、破損、倒裝，請寄回更換

PaperFilm FC2036

宝石之国 6

2019 年 3 月　一版一刷
2024 年 6 月　一版九刷

作　　者／市川春子
譯　　者／謝仲庭
責任編輯／謝至平
行銷企劃／陳彩玉、朱紹瑄、陳玫潾
書系顧問／鄭衍偉（Paper Film Festival 紙映企劃）
中文版裝幀設計／馮議徹
排　　版／漾格科技股份有限公司
編輯總監／劉麗真
事業群總經理／謝至平
發 行 人／何飛鵬
出　　版／臉譜出版
城邦文化事業股份有限公司
台北市南港區昆陽街16號4樓
電話：886-2-25000888　傳真：886-2-25001951
發　　行／英屬蓋曼群島商家庭傳媒股份有限公司城邦分公司
台北市南港區昆陽街16號8樓
客服專線：02-25007718；25007719
24小時傳真專線：02-25001990；25001991
服務時間：週一至週五上午09:30-12:00；下午13:30-17:00
劃撥帳號：19863813　戶名：書虫股份有限公司
讀者服務信箱：service@readingclub.com.tw
城邦網址：http://www.cite.com.tw
香港發行所／城邦（香港）出版集團有限公司
香港九龍土瓜灣土瓜灣道86號順聯工業大廈6樓A室
電話：852-25086231　傳真：852-25789337
新馬發行所／城邦（新、馬）出版集團
Cite（M）Sdn. Bhd.（458372U）
41-3, Jalan Radin Anum, Bandar Baru Sri Petaling,
57000 Kuala Lumpur, Malaysia.
電話：603-90563833　傳真：603-90576622
電子信箱：services@cite.my

作者／市川春子

以投稿作《蟲與歌》（虫と歌）榮獲Afternoon　2006年夏天四季大賞後，以《星之戀人》（星の恋人）出道。首部作品集《蟲與歌　市川春子作品集》獲得第十四屆手塚治虫文化賞新生賞，第二部作品《二十五點的休假　市川春子作品集2》（25時のバカンス 市川春子作品集 2）獲得漫畫大賞2012第五名。《寶石之國》是她首部長篇連載作品。

譯者／謝仲庭

音樂工作者、吉他教師、翻譯。熱愛音樂、書本、堆砌文字及轉化語言。譯有《悠悠哉哉》、《攻殼機動隊1.5》等。